尚册文化 | 策划出品

打开世界之页

七都沙

沈楚／著

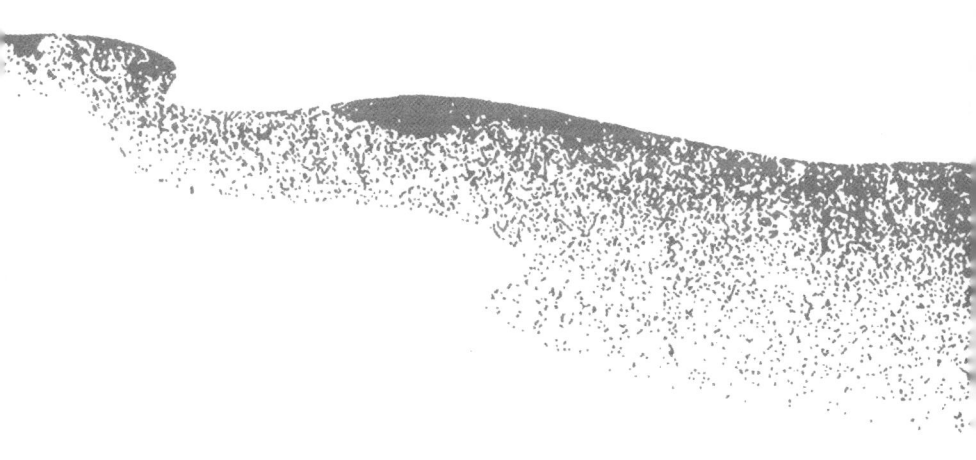

羊城晚报出版社
·广州·

图书在版编目(CIP)数据

七都沙 / 沈楚著. —广州：羊城晚报出版社，2024.4
ISBN 978-7-5543-1285-8

Ⅰ.①七… Ⅱ.①沈… Ⅲ.①短篇小说—小说集—中国—当代②小小说—小说集—中国—当代 Ⅳ.①I247

中国国家版本馆 CIP 数据核字（2024）第 029807 号

七都沙
QI DU SHA

责任编辑	王志娟
责任技编	张广生
装帧设计	尚册文化
出版发行	羊城晚报出版社
	（广州市天河区黄埔大道中 309 号羊城创意产业园 3-13B　邮编：510665）
	发行部电话：（020）87133053
出 版 人	陶　勇
经　　销	广东新华发行集团股份有限公司
印　　刷	济南精致印务有限公司
规　　格	880 毫米 × 1230 毫米　1/32　印张 7　字数 141 千字
版　　次	2024 年 4 月第 1 版　2024 年 4 月第 1 次印刷
书　　号	ISBN 978-7-5543-1285-8
定　　价	48.00 元

版权所有　翻印必究（如发现因印装质量问题而影响阅读，请与印刷厂联系调换）

目 录

比任何时候都需要	001
缪晋的手术	016
蜜月	027
不如忘却	044
似醉	053
求生	062
糖糖和蔡蔡	074
旧花盆	086
迷失	093
地铁	100
名人	108
温佳的西西里	115
像春天一样	131
面包	136

诗人	144
墨镜	152
窟窿	156
淤青	161
暂定两位	167
遗照	172
老九	179
山妖	184
不留	188
话筒	196
牙疼	201
买卖	205
二毛六	211
第一杯咖啡	215
后记	219

比任何时候都需要

一

男孩坐在对面,他的确和我小时候有些像,他的鼻子有我家族的基因:大蒜鼻。这是个丑陋的鼻子,却是挤满才气或者财气的鼻子,父亲曾经无数次这样安慰绝望中的我。我至今没有发现自己身上的才气,也没有聚拢什么财气。这个特别大的鼻子仍旧跟着我,四十余年了,只是鼻子上添加了一副黑框眼镜。透过镜片,我再次审视眼前这个男孩。

他有些局促,顾自看着窗外,他还不适应管我叫爸爸,那需要一个过程。我已经带他游玩了整整两天,坐了过山车,吃了肯德基,在酒店的泳池里教他游泳,他其实会游泳,属于"野游",动作不规范。谢丽思去韩国之前将他带给我,对我说男孩是我的儿子,八岁了。我一夜之间成了未婚爸爸。

儿子?我不曾当过一日父亲,却有了一位八岁的儿子。哪个戴绿色帽子的男人为我养了这个儿子?谢丽思,你确认这个孩子是我的？你不会是将自己的包袱丢给我，净身去了韩国吧？但是，我还要谢谢你，这个时候我真的需要一个儿子。

男孩转过身来，他困了，斜靠着座椅开始打盹。上车前，我跟他说好了：回老家，看爷爷。

父亲的病已经到了最坏的时候，之前我回去过两次，交给弟弟一笔钱，交代买个好的墓地。弟弟却很冷淡，说父亲的病就是给我气的：高考落榜，复读再落榜，不听从安排，跑到省城创业，至今业不像业，家不成家。我已经在外打拼二十年了，二十年里，我不是没有想过成家，只是忙着没有起色的业务，谁不想混出个人五人六衣锦还乡？我也谈过众多没有结果的恋爱，也和其中的大多数女人发生过关系，包括那位谢丽思。谢丽思在和后来的丈夫结婚之前的一周还来找我，给我最后的慰藉，那么这个男孩就是我留在她身上的最后礼物吧。于是，我在无望之时收到这个儿子。我这一次回去，也许会有个交代。父亲即使不保，也应该能因此获得一点点慰藉吧，但愿。

车到临海站，停下，下车的匆匆，上车的急急。男孩醒了，睁开眼，他的眼睛好亮，映着车玻璃的反光。就这眼神看来，这孩子不像是我的，谢丽思的眼神也没有这么亮。那个爱泡夜店的天天睡眼惺忪的女人，她的儿子有这么清澈的眸子？我们尚家好像也出不了这般好看的眸子。也许，谢丽思都弄不清自己是和哪一位帅哥造的人，她那一段岁月有些乱，那也是我最终与她断交的原因，而聪明的她却会在你放弃她之前先行抛弃你，所以，最终还是她先对我说："那么，我准备结婚了,老公不是你,今晚是我们的最后一次。"

二

我想和这个儿子说说这位他从没有见过面的爷爷。

"尚进,我带你回家看爷爷,你要听爸爸的话。"

尚进这个名字也是我几天前给他取的,原先他叫谢进,跟了我那就随我的姓,如果他真的是我的,那就更应该姓尚。尚进对这个新名字也很快适应了,只是他对于这个从没有去过的老家没有什么兴趣,他埋头玩着我给他的手机上的一款小游戏。

谢丽思带着这个私生子这些年是怎么过的?为何这么多年都没有送孩子过来?现在送过来是因为扛不住了吗?我在心里头忽然有了对谢丽思的一点愧疚,毕竟她为我默默养了八年的儿子。如果她乐意接纳一个比较失败的男人做她孩子的父亲,她完全可以和我来一场迟到八年的婚礼,我虽是个鹅卵石王老五,但还是首婚啊,更重要的是我是这个孩子的生身父亲。但她还是执意离开了,足见我有多么失败。我忽然长长地叹了一口气,我的这声叹气惊到了男孩,他停下手里的动作,抬头看向我。我伸手摸摸他的头,给他一个刻意的微笑。

"我想妈妈。"男孩轻声说。

我说:"妈妈到韩国上班了,等她公司的事情落实好了,她会回来看你的。"

"妈妈和一位叔叔走了,她不会回来了……"

男孩又陷入了沉默，有一种哀伤在他小小的眉头结着。

我无言以对，手停在他的后脑勺，我该如何与他解释我与他妈妈的关系，究竟怎么说才可以让他接受这个事实，这是个难题，比以往说服任何一位女子相信我的爱情都难。当年给到谢丽思的承诺我没有兑现，我努力过，但是我总是说的比做的多。就像每一次下定决心好好复习，最终是落榜复落榜。我似乎一直都没有从高考失利的阴影中走出来，这个儿子算是我折腾这么些年最大的收获吧。

"爷爷，他是村里小学的老校长，他教体育，他晒得很黑，排球打得很好，你有一个叔叔，叔叔家里有一个姐姐。"

"有奶奶吗？"男孩问我。我一下子语塞，我的妈妈，他的奶奶已经离开这个世界十二年了，早在他来到这个世界之前就过世了。我问他，"你见过外婆吗？""是外婆送我去上幼儿园的。""哦，那外婆现在在哪里住？""我不知道。"小孩子大抵不会知道自己住过的地方，他只会记得那个对他好的人。谢丽思能够把这个孩子养大，应该跟她背后有一个老妈的默默帮助有莫大关系。我在心底对这位从未见过面的老人说了声谢谢，也许她曾经无数次诅咒过我。

三

到站，我牵着男孩的手，慢慢走出来，华灯初上，这个城市在我眼里已经显得陌生。虽然我每隔个一两年都会回来探亲,但都是行色匆匆,每次都会直奔还要坐车一个多小时才能到的老家,见过父亲,喝两顿酒,发两个红包,过了初三,再赶回去。我那个抠门的公司正月初五就开张了,我要尽量准时赶到,总经理会来发开门红包。

今晚,我却有些迟缓,有点犹豫,要不要突然带着这个男孩过去,给家里人尤其是病危的父亲一个惊喜?之前我只字未提,他们会有什么反应?父亲的身体若是过不了今年这一关,估计也会因为我这个现成的儿子而含笑九泉吧,带着这个好消息去和我等待已久的妈妈汇报。弟弟和弟媳妇也许会不大高兴,原本他们就不怎么待见我,说爸爸的养老送终都是他们在忙前忙后,现在我忽然带个儿子过来,让老尚家续了烟火,这个头功让我这个废人抢了,如何也不能气顺吧,我倒很想看看他们惊讶到合不上嘴巴的尴尬表情。

带着男孩去吃了一碗鱼丸面,看他把汤汁都喝尽的馋样子,忍不住想笑,他吃东西的样子也那么像我小时候,慌兮兮的,饿鬼投胎似的。我在"滴滴"上叫了辆车,回老家去,还有一个半小时的车程,心中有点小骄傲,没有衣锦还乡,只是带着一个小人儿。

男孩靠在我的怀里,随着车的颠簸睡着了,我轻轻抚摸着他头上的软发,这种发质不像我的头发,我的头发像板刷一样硬,可以刺痛人。老父亲说我是刺猬,除了不停地刺伤他,从没有带来过什么好消息,这些年来,他没有等到我上大学,连续为我出了三年的高考复读班学费;他没有等到我的婚礼,自第一次的订婚被女方毁约之后，我的婚礼一直是一个未知数；他没能等到我建功立业，接近四十岁了，我还是一个公司小经理，对外是经理，对内就是个小业务员。他老人家想不到，这次我可能带给他一个抚慰人心的好消息。

我想起小时候，我让弟弟有多少的恨，父亲总是说我比弟弟读书有天赋，我是家里唯一不用做家务的人，重活脏活都归了弟弟，唯一他超过我的是他等不到我的结婚，他先结婚了。幸好他没有等我，要照我父亲原先坚持的那个按顺序来就糟糕了，那两个儿子现在都还单着。如今已经没有人催我的婚事了，在他们眼中，我就是一个混日子、忽悠单身女子的玩世不恭的典型。还算好，没有直接骂我流氓，不过背地里估计骂了不少，因为我的耳朵经常会发痒甚至发炎。父亲说："那是你太不听话了。"我对着空中摇摇头，那是你们不理解我，我出来了我就不想回去了，即便这些年里我没有成家立业，但我还要走下去，至少我是自由的。

弟弟在父亲的学校里做了总务，守着那堆旧器材，每年给门窗栏杆刷一遍油漆。他这辈子也就在乡里困住了，他的世界观是狭窄的，我们早谈不到一块去了，父亲成了我们之间唯一的联结，如果父亲离开这个世界了，我还会回来吗？我还会与弟弟有话可说吗？回到老家，我会像一位陌生客人，我在他们的眼里是世俗之外的人，认出我的老人会和我打个招呼，小孩子基本不识了。我想起那位高中老同桌，估计她的女儿都快上大学了，她会装作不认识我。

她是我的第一次，我所有的第一次都给了她。初吻是在北巷的小树林，那一天，是她故意的，她假装害怕阿黎家的柴犬，紧紧躲在我的身后，在柴犬扑上来表达亲热时顺势瘫在我的背上。那一刻我有些惊慌失措，背上的摩挲异常的温软，我转身扶住了她。也就在那个瞬间，我们的唇像两块吸铁石碰在了一处。急促的呼吸像汹涌的浪头。两人失常的紧密拥抱把身边的柴犬都看傻了，一个人在为另一个人做人工呼吸。后来，男女在床上的事情我们也都是第一次，我们没有在床上，我们在北巷小学的教室里，晚自修放学，溜到熟悉的小学里，在没有开灯的教室里，课桌堵上门，就在讲台桌后面，那种无法阻拦的激情把彼此都燃烧了。她喘息间咬着我的耳朵说："我要给你生个儿子，你要是大学毕业不娶我，我就把你杀了！"

因为我一直没有考上大学，于是也就一直没能实现第二步——毕业了来娶她。也就没有第三步，让她为我生个儿子……而她却考上了师范，读书去了，等到她专科毕业了，我还在高考复读班里背名词解释和数学公式。再见到她时，她像一个老姐姐一样看着我这个小弟弟，我在她眼睛里读到了熄灭的遁去的光芒。我还见了她的父亲，或者说是她父亲特地来找的我，老头子右手食指指着我的鼻子说了一句我这辈子不会忘记的话："我女儿就是养在家里也不会嫁给你这个窝囊废！"

我离开家去省城的时候义愤填膺地给她写了一封信，信中说："请你再等我三年，等我回来娶你。"没有回复，一年后她就嫁人了，嫁给了一个部队复员的在街道人武部的部长，年龄比她大八岁的老男人。幸好,她没有等我,我真的是她父亲说的窝囊废。难道是被他贴上了标签,诅咒了?这些年来,我始终没有闯出来。难道这是我该得的报应?我把他栽的宝贝果实偷偷摘了,他怎能不恼怒,怎能不愤恨?可是,他有没有想过,我给到他女儿的也是第一次,我们扯平了。

四

儿子睡得很香,他蜷缩在我的怀里,这个可怜的小人儿,他是怎么来到这个世界的?真的是我身体里的那些小蝌蚪,在那千钧一发的瞬间,找到一条温暖的溪流、放生的通道,奔涌向前,争先恐后,去寻找那个充满魔力的粉红色的球,像前面有一朵充满蛊惑极尽摇曳的花在招引着,而最终,亲吻这朵花的那个胜利者就是这个小子?他会是另一个我吗?这么奋勇向前义无反顾!如果我的骨子里有这样的勇气和决绝,那我早会顶着那个老东西的手指头把我的初恋拿下,来一个奉子成婚;我会再坚持高考复读一年,把该死的英语补好,谁让我们乡中学的英语是体育老师教的;我会和与我已经订婚的亚勤再走下去,像我父亲期待那样的,一场正儿八经的婚礼,宣告我的人生新的篇章……当然,这些如果有一项成了,那么也就不会有眼前这个儿子了,他的出生要拜托我的无能,我的所有半途而废似乎只为等待把这个机会给到这个小子,这样想着,我从一种灰色中勉力冲了出来。人生的得失好像无法想象又好像天生注定,就看你怎么想怎么看。

亚勤是一名护士,在省城的三医骨科,我们的认识源于我遭遇的车祸。在我来省城谋生的五周年,我送货的电动车被出租车撞上了,我在医院的骨伤科拍了纪念照,一张小腿骨折的X光片。

亚勤在给我换药的时候,注意到我的名字,特地打趣了一下:"你叫尚可?有意思的名字。"我没有太在意,从小到大,有不少刚认识我的人都这么说。而且我觉得这应该是我父亲的一个失误,就因为尚可这个名字,我在很多个关键的时候踩了刹车收了手,我的所有欲求都打了折扣。不过,亚勤的颜值在我眼中连尚可都不及。

我对亚勤的暗示——如果可以算作暗示,没有任何的怦然心动,那个时候,我是一个伤病员,脚吊着,不能动,心里头还琢磨着因为养伤,出院后估计公司里的位置也没了。虽然公司的老板来过一次医院,说我这个算工伤,要我安心养伤,但是他只字未提药费报销的事。我哪有心情去关注一个大龄小护士的疑似关心。

有一天,卧床无聊的我手里煞有介事地捧着一本《顾城的诗》,那是办公室那个文艺老年人来看我时带给我的,他有走大桥头旧书摊的习惯,这本旧书他是三块钱淘过来的,说是给我解解闷。还说坏事也是好事,这一下不能东奔西跑了,索性安心读书,鼓励我借着养伤多补充一点精神食粮。也好,我就认真读诗歌吧,以前读高考复读班的时候都没有今天这么坐得住。这本三块钱的诗集我后来送给了亚勤,她说要看看,我就顺水推舟送给了她。这一下好像是我暗示了她什么,她此后常把自己写的小诗拿过来给我看。我不好说我看不懂,我不是什么文艺青年,可能是我那样子看起来像,鼻子上的黑框眼镜为我加分不少。如果当年高考上线,我一定会去读中文,我的初恋同桌说我像一个民国诗人。说出来自己都不好意思,我哪有徐志摩那气质?我的那点书卷气是伪装的,就像许多人不读书,家里却有个大书架。

我对亚勤隐瞒了我的工作,我介绍说自己和朋友在筹建一家文化传媒公司,做形象包装广告推介。我叙述的这个尚可文化公司本是我的一个白日梦,可是那天没收住嘴,洋洋洒洒就把蓝图描绘了,把亚勤听得是仰慕之情似滔滔江水。

等我恢复了之后,还真如我推测的,公司里已没有我的位置。老板还算不错,额外给了我两个月的基本工资。那么,我就此去创办我的尚可文化吧,好男儿还是说干就干吧,至少不能等到亚勤来看我时穿帮。租住一个四十平方米的小单间,注册挂牌,我当了自己的老板。第一单生意是为原来的公司印刷宣传单,一万张宣传单,刨去设计费、印刷费,我留下的辛苦费是二百五十元,我觉得不好听,请亚勤去吃了一顿剁椒鱼头,就只剩下二十五元了。

亚勤穿白大褂的时候,不大看得出来身材,等到出了医院,换上紧身一些的裙装,显得有点感觉了,五官不够精致,胸部倒是一处景致,穿透一点的,会有隐约的含苞待放;穿低胸一点的，令我有目不敢视又不舍的圆润与饱满。这样的时候，我也许别无选择，总比一直做单身狗，看着别人搂搂抱抱卿卿我我流口水的好。

五

和亚勤订婚完全是因为她母亲的催促，她母亲似乎比亚勤还要喜欢我，那种热情好客让我在省城里感受到了前所未有的温暖。在她家里，我不再感觉是客，而是儿子，亚勤的母亲给了我以前我母亲都给不到的母爱。是的，我的母亲是极其内向的，从来不会表达自己的内心，即便在弥留的那一刻，她也紧咬牙关，不愿吐露一句心声，也许她也对我有太多的不满，而积郁成疾。亚勤的母亲和我说了很多亚勤小时候的趣事，这位独身多年的老女人好像终于找到了一位可以倾诉的对象，找到了一个可以依靠的男人，她恨不得我们明天就结婚，最好是住在家里，和她在一起。说起住房，我也正缺，我平常都是睡在公司的沙发上，嘴里却说我在东城区按揭了一套房。后来带去看的那套房子是我临时租的，亚勤说太小，我说再等两年，等手里的几个项目做好了就换个大的新房。亚勤母亲就说还是先在她这里把婚事办了，有了小的她可以帮着带，这话多么暖心，我感动得差点当面就掉了眼泪，关键时刻克制住了。亚勤和我的订婚是我这么多年来做得最有仪式感的事情，那天，我给亚勤送去了99朵玫瑰，一只水货浪琴，看起来像真的一样。还送了丈母娘一只玉镯,这只玉镯是在一次西部旅游时路边小店买的,换了一个精致的匣子,看起来就贵重了。我们仨吃了个饭,我父亲身体不好,不便老远赶来,打了一个祝福电话,亚勤是独女,亲属也多在北方,亚勤还有一个在加拿大的堂兄。

亚勤后来说我欺骗了她的感情,因为我的一无所有终究是藏不住的,她很快就知道了。我解释说我在努力,需要一个过程,我对于她的隐瞒是善意的谎言,我生怕失去这段感情。亚勤说最无法容忍的是我居然拿着一张假的大学毕业证书,我对她说的还有多少是真的?那个假证是我到处去应聘的必需品,后来用习惯了,与人介绍自己时也就真的觉得自己是那个学院毕业的。我还特地去了那个学院,报名参加一个该院的成人培训短期班,实实在在在里头生活读书了四十天。那些要走的校园小径,要迈上去的台阶,要坐的大教室、图书馆,要参加的舞会和沙龙,我都去过了,回头和别人说起我的大学,我也能说出个子丑寅卯。可是我在亚勤面前不得不承认实情,我觉得没有必要与最亲近的人扯这个谎,那样会寝食难安,说梦话都会把自己招了,脱光了睡在一起,却要加一个伪装,老要演戏一样,这种日子太难过,虽然很多人生大抵也就是一出戏。

在亚勤面前被剥光的时候,我闭上了我一向能说会道的嘴,低下我那在白天里从不愿垂下的头。我听任她的处置。如果她忍辱负重,愿意跟我走下去,我一定会凭全部的热忱去为她谋幸福,为我们的幸福奋斗终身。可是她不再相信我了,包括那位非常善良与慈爱的准岳母,我吃了闭门羹。

亚勤辞职去了加拿大,我曾经愤恨痛骂,甚至在她QQ上留下狠话:未来我会让你高攀不起,你一定会后悔的。可是我真的没有未来,可以回来在亚勤面前扬眉吐气,可以让她悔青了肠子、哭晕在厕所。也许清醒过来的她那时候就已经彻底看清了我,而我还在自命不凡。

儿子醒了,他望向窗外,窗外的路变窄了,有些破损,他在剧烈的颠簸中被晃醒了。我忽然想紧紧地拥抱住他,又怕他会被我的失控吓到。

六

儿子是谢丽思的儿子,这个应该确凿无疑,按照谢丽思无利不起早的人生信条,她是绝不会为别人养一个孩子的,而且一养就是八年。她离开我的这八年还有哪些不可告人乱七八糟的婚恋史,我不关心,她原本只是拿我补了一下她的空档期,我是备胎而已。她愿意为我生这个儿子,我觉得真的是一个伟大的意外。她之前打掉过几个孩子,我没有兴趣统计,她的人生漂流而下,为何到了我这个破码头,却要留下个纪念品?这个纪念品太贵重了。在他出现之前,我曾经想过,如果有一个女孩愿意跟我这个中年单身老狗在一起,我们抓紧时间生一个孩子,算一下时间,把这个嗷嗷待哺的婴儿拉扯大,等到他或者她上小学了,我去学校里开家长会,会不会有人问我:你是孩子的爷爷吗?还有,待到他或者她结婚的那一天,我是否会是颤颤巍巍地走上台,甚至已经没有机会见证那一刻?来不及了,追不上了,自我安慰像这样的独身自由也挺好。可是,我今天不自由了,我身边凭空添上了一个小人儿,之前的八年我不知道他的存在,我没有看到他是如何从婴儿长大到现在这个样子,好像他一出生就是一个八岁少年了。我是得了巨大的便宜还是错过了太多的东西?

　　谢丽思之前,那些在爱的高潮里发誓要为我生孩子的女朋友都没有付诸行动,而谢丽思之后,也不再有人信誓旦旦说要为我生一个孩子,谢丽思从来没有要我保证什么,也许她不相信爱情,她也从来没有说要为我付出什么,可是她却悄悄把这个孩子生了下来,悄悄养大到八岁。这是为什么?难道她是真的喜欢我?记得她曾经挽着我的手去试拍了一组婚纱照,她说那种感觉好幸福,但是这一套婚纱照最终还是被丢入了垃圾桶。但凡我稍有建树,她应该就会留在我的身边,留在她亲生的儿子身边。除此之外,就是这个男孩不是我的,或者是谢丽思自己都搞不清楚这个孩子的父亲到底是谁,在那一段混乱的日子里,她不会只有我一个男朋友。那么,我最终成了冤大头,替她把这个负担卸下来,接过来,她潇洒奔向美好的前程,我却被这个累赘套住了,有了这个儿子,我还会有自由吗?我得和当下的那个小我十六岁的小女友做一番解释,不过,我不指望她会乐意当这个孩子的后妈,她自己都还离不开自己的妈妈,她迟早会离我远去的,没关系,我已经习惯于被女人抛弃。只是我是否有必要去和这个儿子做一次亲子鉴定?其实,做与不做我都有点怕——如果确定是我的,我后面的人生也许就被套住了;可万一不是我的,我便真的是一无所有了。

手机响了,是弟弟又来催了:"你到了吗?阿爸已经重度昏迷了……"我不知做怎样回答才好,如果之前没有带儿子去吃点心,这会儿应该到了。"在桥上。"我关上手机,心如止水,父亲肯定是醒不过来了,他见不到我了,还有他这个未曾谋面的唯一的孙子,也好,他不会再瞪着一向不信任我的眼睛,问我这个儿子是哪个垃圾桶里捡过来的,以及我这个孩子的妈妈是谁,我也不必在弟弟、弟媳妇的鄙夷下欲言又止,觉着尴尬。但是,我这个儿子今天是一定要带回去的,不管他究竟是不是我们尚家的骨肉。

车到了村口,我抱着复又睡着的儿子下来,夜已深,这个点他该入梦了,以前的夜晚,他大都是怎么过的,谁陪着他,给他做吃的,催他洗澡,讲睡前故事,是那个我没见过面的外婆还是谢丽思本人?他的头歪在我的肩膀上,我的右手搂着他,左手提着我的包,穿过那条偶尔会在我梦里出现的北巷,踏过那些在月光下反射着神秘光芒的石板,有点蹒跚地往那个不再温暖的家走去。

缪晋的手术

一

心脏美容是一个微创手术，医生的比喻总是那么轻盈而美妙，听起来就像是去文个眉毛、做个牙套，可能出现的风险不过是色料过敏、局部感染和拔掉几颗次功能的恒牙，这个手术的描述就像是把心脏上的一颗痣抹去。这颗痣的存在，70%的人有可能会引发心动过速的心脏问题，也就是所谓的预激现象，心电图显示就叫"预激综合征"；也有30%的人的这颗痣只属于旁观者，不会发生任何坏的作用，但心电图仍会显示不合格，所以，如果需要体检报告单上的心电图检查标注合格，就需要做一个心脏美容，即使你是幸运的30%者。

但缪晋却觉得自己是这不幸的30%者，人生之前的23年她觉得心脏一切正常无感，她可以轻松跑800米，不间断游泳500米，她去上海迪士尼坐超级过山车毫无压迫感，她在三亚的潜水之旅和玉龙雪山的攀登步行都那么顺畅自如，而高考之前的体检和大学期间与师范生毕业的体检都没有医生有任何关于"预激综合征"的提示，而最最关键的公务员考编后的最最严厉的体检把这个藏在她心脏里的瑕疵找到了。这个之前从来没有知觉的瑕疵被确认后，如今成了她每天可以感应到的一种障碍，像胸口闷着一口吐不出去的气，又像是心脏周边的肌肉产生一种莫名其妙的胀痛，所有的疲累之后的喘气或者感冒引起的不适，她都会在这个毛病上找联系，会不会是这个"预激综合征"发作了？会不会是心动真的过速了？

没有这个体检心电图的合格证明，她被确定录用她的那个区实验小学放弃了，校长表示了惋惜与无奈，她原本是那众多的竞争者中讲课最优秀的一个。最后一刻被一纸心电图挡在了门外，那种感觉如同被闪电击中，缪晋失落中爆发愤懑以至于胸痛，一个数学教师的岗位是否需要剧烈运动？医生也反复解释说只有长期高空作业类的特殊工种才需要对心脏有这么严苛的要求，而对目前一刀切的公务员招考体检政策医生表示无能为力。缪晋必须面对一个艰难的抉择，如果她不放弃继续考编的话，她就得依照医生所说的给自己的心脏做一次美容，一次微创手术，把那颗医生比喻的多余的痣去掉，让心电图显示一切正常。

二

缪晋的母亲吴筝想不到命运在十五年后还会给到她这样的

一次不公与打击,当年女儿父亲的负气离开,她都没有感到像今天这样绝望,那时候她觉得自己会很快适应单亲妈妈的身份。从小学到高中,气质脱俗、能干自信的她一直都是班级里的班长,她所显现的能力和意志力让最顽劣的男生都服服帖帖,而等到她高中毕业后,进入了这个粮食局下属的华都酒店,也很快脱颖而出,成为市场部的主管。缪晋的父亲,时为粮食局局长秘书的缪有山对她的示爱根本就没有入她的眼,身边的姐妹都说她心高气傲,等缪秘书当上缪处长或许才会有一点点希望。最终,缪秘书能够进入吴筝的生活是因为一个意外。在吴筝被提升为酒店总经理助理的节骨眼上,酒店里出了一件事情,一个客人在客房里死了。刚开始以为是服药自杀,后来还好,尸检查明是心脏病突发猝死。可这个客人不是一般的客人,是从法国回来参加市里回乡投资会议的侨领,死者家属对酒店服务有质疑有愤怒那是自然,社会舆论影响也不小,市领导很生气,问题就变得严重了。主管副局长换人,酒店总经理撤职,吴筝回市场部当普通职员,而缪秘书缪有山同志居然火线上岗,成了酒店新任的总经理。

  接下来的故事是缪有山很快将吴筝调到了办公室,情节就像连载小说中描述的,总经理和办公室副主任在办公室里有了暧昧。刚开始是吴筝对缪有山的暗示或者明示都保持一定距离的有礼貌的回应,一是在酒店里需要避嫌,二是吴筝还没有向缪总打开自己的门,她似乎是默许了,只是这扇门还虚掩着,需要一次很大的决心和力量。缪有山的下一次升迁成就了这个决心和力量。缪有山很快调到市府办，跟随已经当选为副市长的局长，离任之前，吴筝升任酒店副总。他们的婚礼半年后在华都酒店隆重举行，他们的女儿缪晋也在一年之后降临。如果一切顺利，都能够像吴筝预设的那样，待到女儿上小学的时候，缪有山应该可以下派到区里当一个副区长，而吴筝也可以调整到一个自己更心仪的位置。可缪有山跟随的老领导在吴筝充满期待的当口被纪委带走了，而后是双规，开除党籍，没收部分个人财产，判处有期徒刑两年半。这个地震迅速波及缪有山，缪有山被叫进去谈话，说明过去的许多细节与情况。缪有山虽然仍旧回到了原位置，但是他的仕途好像已经画上句号。缪有山扛不住这种被冷冻处理的郁闷，落单的他抑郁了，他的选择是辞职，他游荡半年之后做出一个任性的决定，去美国，投靠他的一位老同学。缪有山的离开导致了婚姻的破裂。这种破裂在吴筝看来是必然的，缪有山在逆境中的颓靡与退避让她绝望，她原本就觉得他不怎么靠谱，嫁给他只是因为他当时头上的光环。失去了光环以及脸面的吴筝也离开了酒店，在一家房地产公司做了市场主管。吴筝做了一个噩梦，女儿心脏里隐藏的这个问题在一个冰冷的夜晚发作了，女儿呼吸急促，脸色惨白，挣扎着向她求救，她在绝望中哭醒了。

三

医生告诉吴筝，这个心脏微创手术成功率高达95%，可以说是所有心脏手术里风险最小的，只需要在腿上开三个小口，导管进入静脉，抵达心脏，找到靶点，运用射频消融技术把那个造成"预激综合征"的多余的旁道消掉即可，风险几乎没有，手术半麻醉，后遗症目前也没有相关反馈。吴筝听着这个手术描述的同时自己的心脏似乎都出现了微微的绞痛，感觉那个导管正在自己的身体里作怪，一股恶心感瞬间涌上来。医生说："请你不要有心理压力，这个手术很简单。"

女儿的这个病，如果说成病的话吴筝是不乐意的，毕竟女儿在这之前的二十多年没有任何的心脏不适，父母双方的直系亲属也没有一人有心脏病病史，这只是一颗所谓的多余的痣，只不过长在心脏上；但她又不想让别的人知道，不了解的人会认为这是一个先天性的什么心脏病，是这个孩子身上隐藏的炸弹，不知道哪一天会爆炸，那不仅仅会影响就业，连谈婚论嫁都存在隐患，而女儿也已在一场恋爱中行进了两年。

缪晋的男友没有被缪晋突然发现的"预激综合征"吓到，他的回答让缪晋感受到了爱情的真实："晋，我会陪你去做这个小手术。"但缪晋还是提醒男友暂时不要对他的父母提及这个难以解释的心脏微创手术，她怕老人会有顾虑，对他们的未来、她的身体产生太多的不放心，以至于要求儿子重新考虑两个人的关系，她期待手术之后，拿到正常的心电图体检报告，重新去考编，再让生活重新步入正轨，对于区实验小学的落选，缪晋和男友给到长辈的解释是缪晋没过最后一轮面试，但被私立的牛山国际学校录用了，那里的待遇比公立的好，她想先去历练一下，也许会有更好的发展前景。

这个情况属实，不是借口，新创办的牛山国际学校缺老师，也没有那超级严格的体检要求，缪晋去不了公立的，只好选择先去那里上课。在吴筝看来，只要女儿不动这个让她心惊肉跳的心脏手术，在私立学校上课也未尝不可，也许那里的发展空间还会更广阔一点，就像她从国有的华都酒店出来后，不是很稳定，陆陆续续换了几家民企，从房地产商到奔驰销售中心再到服饰集团。虽然有业绩压力，但是凭她的能力，她做得比较舒服，没有了那个铁饭碗的羁绊，反而感觉收放自如，收入更不会比体制里的少。这么多年了，她没有再次走入婚姻，虽然也有几次机会，但最终还是放弃了，她似乎已习惯了这种自由，不愿再把自己和某一个她并不看好的男人勉强拴在一起。以她曾经的心气，在这个三线城市，还真找不到那种让她一见倾心的男人。

关于手术的抉择，吴筝和缪晋之间有过多场争论。母亲不愿女儿冒险遭罪，女儿却不甘心自己考到手的编制拱手让人，还有一个原因是为了爱情，因为男友的父母都是公务员，一个是街道干部，一个是档案局的文书，他们有固有的传统的认知，男友已经是一所职业技术学院的在编校园网主管，她是否有编制也许就是二人未来婚姻的保证。吴筝面对女儿的眼泪再难去说服她，她不曾相信爱情，但她不能让女儿也不去相信。

四

　　手术按照既定的程序进行，缪晋被半麻，颈部以上清醒，她可以听见医生说的话和看见医生的走动。医生提醒缪晋，不要紧张，闭目养神，手术很简单，尽量去想一些快乐的事情，有助于心跳平稳。她感觉不到自己的身体，仿佛她是身躯埋在一堆沉重的沙子里，她只是努力探出头寻找那赖以存活的空气；又像是在海里漂游多日的遇难者，她的身躯在漫长的浸泡里冷却了麻木了，只有水面上的这个头颅还有一点感觉——有一条导管要进入我的身体，它会在我的静脉里游走，从下肢一路旅行到我的心脏，我的心脏是否会感到不适？它是否会欢迎这个不速之客？如果出现什么意外，我会不会就留在手术台上，留下最后一点知觉去和自己的身体告别？……不！缪晋此刻的思绪太慌乱太压迫了，从小到大，她面临的惧怕与挑战的级别都无法与此相比。小学时面对那个学渣宣扬"缪晋没有爸爸""缪晋是个私生女"的当众嘲讽，她可以扑上去和他在教室里直接干一架，那一刻激发起来的愤恨和羞辱可以在厮打与泪水中全力宣泄出来。而今天的缪晋无能为力，她徒有满脑子的压抑、紧迫、难堪甚至羞辱，手术台上暴露着的身体却背叛了她，远远地躲开了她，她像坠入了一个无边的黑洞，只剩下漫长的等待，无奈地等待尽头出现一点亮光，在无力中找回自己的身体。

　　她隐约听见了一句她不想听见的话："主任，很奇怪，找不到病人的靶点。"

这时她已经足足在手术台上躺了六个小时。她感觉不到自己的心脏，而她的脑子崩溃了。她后来有无尽的后悔，不是做了这个最终没有结果的可以称作失败的手术，而是没有做全麻，这六个小时的煎熬给她留下了太大太大的伤害，她已经无法去忘却那六个小时里产生的各种臆想和历经折磨后刻骨的痛苦，她会在很多个夜晚失眠或者从被淹没的噩梦里惊醒，这时候她感觉到的不仅仅是心脏那里莫名的压抑，还有深深的脑壳痛。

医生解释说缪晋这颗痣的位置比较深，导管很难锁定，当场也就没敢继续，这是对病人的负责，不盲目冒险，手术目标没有达成，但也没有留下后遗症，请病人放心，一切和没做之前一样。

缪晋继续回到牛山国际学校上数学课，就像医生保证的，身体没有后遗症，但她在心理上却有了强烈的后遗症。原先说服母亲包括自己，寄予希望的这个手术竟然是这样一个无果的结果，很像是一个不治之症，那个该死的痣还留在她的心脏里，而且还躲在一个特殊的位置不愿出来，她要带着它继续前行，虽然它在二十三年里没有给她造成任何麻烦，但是既然在二十三年后与她见面了，出来捣乱了，那她就该把它找到，请它离开自己的身体自己的记忆。缪晋想到了去上海，本市的医生技术太差了，很多老人都这么说。

五

手术室外的六个小时，也是吴筝这么多年来经历的最长的一次煎熬，这个她非常不乐意的手术让她抵制着自己内在的许多抗拒，如果手术台上的那个人不是她的孩子，她一定会去鼓励她，勇敢地完成这个微创，为心脏做一次美容，就当是人生的一次挑战。可是，那个孩子是她唯一的女儿，她愿意替她去受苦，替她去生病，却不愿她冒险挨这一刀。当手术宣布无果，吴筝的内心悲喜交集，喜的是女儿还是原样，悲的是女儿还要面对"预激综合征"的重负。

接下来该怎么办？她知道女儿的性格像自己，不服输。今年的考编她又悄悄去报名了，入围、面试缪晋都不会有问题，她算是"老教师"了，她很快又会面对最后一关——体检，心电图不会出现奇迹，应该还会是老样子，今年的录取政策没有放宽，只会更严格。

手术的事情最终没能瞒住缪晋男友的父母亲，他们后来专程到缪晋家里看望了缪晋，他们和吴筝很好地长谈了两个孩子的今天与昨天，不计较缪晋成长的单亲家庭，也可以接纳缪晋心脏里的这颗痣，即便有未知的隐患。他们回去后让儿子转达的意见还是要想办法去拿到这个编制，公务员身份是结婚前必须完成的，对于将来的孩子也是个保障。他们牵线找到负责体检的医生中的一位，希望其能在缪晋未来的心电图报告上闭一只眼睛，忽略掉那个带着隐患的旁道，放孩子一马。医生最终婉拒了，他没有那个胆量，这一份规避了隐患的报告单可能会给到这个女孩梦寐以求的编制，但却会在他的职业生涯里埋下一颗隐形炸弹，一旦遭到举报，会断送了他的事业编制甚至毁了他的生活。毕竟这一个宝贵的编制有多少年轻人和他们的父母在瞄着。

缪晋和男友的分歧在手术之后，更准确地讲在男友父母的探访之后，在体检医生的婉拒之后渐渐明显，两个年轻人的感情上出现了不可修复的裂痕。男友解释说："请理解我父母的局限性，他们还会努力去找人。"缪晋却是冷冷地笑着，她感觉这个她几乎拿自己的生命在奋力追求的编制如今裹挟着现实的残酷，像一头猛兽要来舔吸她心脏上渗出的血，进而吞噬她整个人。在牛山国际学校的工作她已经慢慢找到感觉了，校长对她的能力也较为欣赏，她现在开始担负着学校小小数学家社团的辅导教学，增加了另一份收入。如果男友的父母可以接纳她私立学校教师的这个身份，那她倒也乐意像妈妈期待的那样，安心在这里做下去，不再去纠结那一张该死的心电图报告单了。缪晋和男友的分手在一个非常安静的午后，她想起他说过的那句话："我会陪你去做这个小手术。"现在她不会为之感动了。

吴筝微信上发给女儿的留言："妈妈不在乎你嫁给怎样的家庭，妈妈只要你健康和快乐着，妈妈尊重你的选择。"缪晋的泪水模糊了手机的屏幕。

吴筝相信女儿会像自己年轻时一样坚强，可以放下这段投入两年多感情的初恋,她的身体还会像之前那样,安然无恙,这个无端生出来的"预激综合征"最好像一个不该出现的噩梦,在天亮后迅速从记忆里隐退,直至彻底忘却,就像什么也没有发生过一样。

暑假来临之前,缪晋请了假,她独自去了上海,她给妈妈的微信留言:"妈妈,对不起,我还是要去上海,我想去做一次成功的手术,我今年的考编面试入围通知已经收到,下个月中旬会通知体检,我想再试一次,妈妈,即使我已经失去了初恋,也可以像你说的放弃如鸡肋一样的编制,可是,我更想像一个正常人那样生活。"

蜜月

一

结婚像一场累人的演出,曹文和明雅如同任人摆布的木偶,敬酒,递烟,在录像师镜头前重复亲密的姿势,当然还要长时间的热吻。亲友同学的搞笑似乎也闹出了格,不仅要曹文俯首喝干挂在明雅胸前晃晃荡荡的两罐牛奶,而且还有摸鸡蛋的游戏——明雅把一个鸡蛋放入曹文的一只裤管,而后顺着裤管把鸡蛋往上滚,一直要到鸡蛋从另一只裤管里出来,如果用力过猛,鸡蛋将难以幸免地在曹文的裤管里爆裂,产生的后果不言而喻。明雅的脸拉得很长,即使那层厚厚的脂粉也掩饰不住她脸上的不快,她没有想到曹文的同学居然会如此恶作剧,曹文的服服帖帖更让明雅窝火。这一桌咬住曹文不放,七嘴八舌穷追猛打的调侃几乎让明雅感到头晕,从早晨六点起床去化新娘妆到现在,明雅是一刻不得喘息,她的小腿现在正发酸,礼服下面那双5厘米高的高跟鞋让明雅的双脚体验着魅力与痛苦。曹文肯定忘记了明雅的肚子，他们提前孕育的已经三个月的那个小家伙在乱哄哄的包围里不知道承受了怎样的折磨。明雅看到自己的妈妈爸爸正被他们的老同学缠着喝交杯酒，没有来解围的可能。曹文的那个三杯倒的陪郎也早已败下阵来，而曹文居然把鸡蛋接了过来，回头对明雅说："盛情难却，摸吧。""对，千年摸一回！一生就一次。"有人在起哄，还有掌声鼓励。

明雅没有让曹文的这帮弟兄尽兴，她把鸡蛋接过来握在手里装作不小心拧碎了，蛋黄蛋清搅和在她的白纱手套里，慢慢地滑落在地板上。新娘这个突然的动作是大家不曾预见的，喔的一声惊叫后，大家都开始注意到新娘的隐约难看的脸色，便知趣地坐下来安静地吃酒，游戏就此夭折。曹文却很不快活，他惊讶明雅的做法，竟然把场面弄得这样难堪。曹文后来主动罚了几杯酒，而明雅已经跑到客房里换礼服去了，二十分钟都没有出来。

从酒店里回来，曹文还是熬不住，吐了。明雅却不觉得心疼，手里给他递毛巾，嘴里却说："活该，一点场面都应付不了，你又不是个柿子，任人拧。"曹文躺在床上，没有气力，他想：我怎么了？结婚嘛，同学闹一闹又何妨？几个同学原本要在新房里打打牌，看看情形不妙，全都散掉了，只剩下一屋的灯火辉煌和两个怄气的新郎、新娘。明雅忽然捂着肚子说："我肚子疼。"曹文这才意识到明雅的艰难，他连忙起来去安慰明雅。明雅指着曹文的鼻子说："你不心疼我，你的那个还要不要？"曹文赶忙俯下身去揉明雅的肚子，却把明雅挠得直叫痒痒。明雅卸完妆已是凌晨，回头看曹文，曹文早已睡着。

二

一直没有轮上年休的明雅原先计划着到海南蜜月旅游，曹文也曾信誓旦旦，保证陪着明雅把该补的浪漫全部补上。但是，那个倒霉的冬天的中午，忘乎所以的曹文没有采取防范措施，而半睡半醒的明雅也忘记了计算日期，就这么巧，明雅就有了。于是，一切都提上了日程，装新房、拍婚纱、订酒席、发请柬，明雅感觉自己的这场婚礼是被肚子里的那个东西急生生地赶出来的，每当看到曹文得意忘形的样子，明雅愤恨顿生：曹文，我还不想做妈妈，你这个奸贼，一手策划的阴谋！

曹文全家还有明雅全家一致反对明雅把孩子拿掉。曹文的母亲几乎是哀求明雅："曹文都是28岁的人了，也该结婚了。"明雅的妈妈则把"人流"的一切不利因素摆给明雅听，甚至包括"导致不育"的危险，当然，曹文少不了要当着明雅的面被丈母娘多次批判的。曹文显出一副勇担责任、万分虔诚的模样。明雅嘴里说得很硬——"我不想那么早就结婚"，心里却不由自主地渐渐向那个小东西投降了。

明雅投降了，曹文并不轻松。因为这个时候匆匆结婚，匆匆就要生育，意味着明雅转正的事情又要往后拖一拖了。明雅进卫生学校已经快五年了，自学考试本科文凭也已拿到手，该跑的路子也都跑了，该疏通的关节也都疏通了，原本还比较渺茫的转正希望在曹文的身份明确之后一下子渐显明朗。曹文的陈副市长秘书身份在卫生学校齐校长的心目中还是有分量的，陈副市长虽然管的不是科教文卫线，但齐校长表示只要今年的编制一下来，明雅第一个安排。

曹文结婚那天恰逢陈副市长随省里到欧洲考察出发的第二天，领导当时应该在飞机上，他托司机老顾给曹文送来一束鲜花和红包，第三天，又给曹文发来短信贺喜，说是回来补喝酒。曹文很是感动，虽然跟领导的时间不满四个月，但领导这样关照算是对他的肯定了，想想自己从秘书科忽然被选中跟随龙城新调来的陈副市长，意料之外，惊喜不已，论资排辈，他还不到跟领导的份上，偏偏是郭副科长被下派县里锻炼去了，于是，文笔稍好的曹文就有了机会。当然，还有一个不可点破的原因——陈副市长个子不高，而秘书科里就数曹文最矮，这样的搭配也就不言而喻了。

三

明雅在卫生学校里教美术，对于这个以培育护理人员为重任的卫生学校，美术属于无足轻重的科目，然而正因为科目不受重视，美术老师的配置是紧缺的，明雅一个人上着二年级段的所有美术课，如今这个婚假是很难请足十五天时间的，学期才刚刚开始，离暑假还远着，谁让那个意外将婚期提前了，而明雅的"奉子结婚"又是尚未公布的"秘密"。

齐校长虽然在酒桌上答应一定给明雅足额的婚假,真的不行,他自己拿着画笔上美术课,但明雅知道,这只是校长的酒桌上的话,只能信三分。明雅很羡慕自己的闺蜜思敏,她所在的那个电视台实在是对女人宠爱有加,女职工一旦怀上身孕,往往都可以以保胎为名居家休息,直至孩子满六个月甚至拖到一年才缓缓复出。学校里的婚假、产假都是严格照章安排的,没有半天的缓冲余地。请假,必须先请到人顶你的课,明雅的课无人可顶。

曹文其实心里是不满意明雅这份工作的,辛苦,待遇低,而且转正的事情还要等着若有若无的编制,因此心情也不开朗。当初认识明雅是因为大学同学的牵线,明雅原本也不满意曹文的个子,不过,曹文名校毕业生与公务员的身份倒是加分不少,而明雅那张关之琳一般姣好的脸蛋让曹文几乎一见难忘。正所谓郎才女貌,各取所需。

曹文算着领导回来的日子,还有五天,那就和明雅在新家里好好休息五天,把那些个熬夜写报告打了折的觉补回来,顺便带明雅去逛逛车行。他的驾照放在包里已经两年了,想着未来的孩子出生,总得有一辆自家的车接来送去。他想好了,买一辆马自达6,如今首付不多,开着进大院也有面子。

刚刚当上陈副市长秘书的这个节骨眼上,借着领导海外考察也许是曹文抽空结婚最好的时机,领导甫上任,要做的调研很多,各个县里都要走一走看一看,熟悉人头,了解情况,曹文哪有心思真的去度蜜月？还好，这一次领导没有点名带他一同去考察，让他留下来看着家，曹文也就正好把自己的大事给办了，心里头他还真的觉着自己的这个不曾谋面的孩子已经暗暗帮助了老爸一把，这个播种的时机实在是太妙了，曹文偷偷有几分得意，明雅当然不明其故。

四

  新婚第五天的夜里十一点，曹文忽然接到市府办的电话，开紧急会议。曹文刚刚睡下，这一下急忙起床穿衣出门打车。心里想着，估计是什么交通事故，死伤人数比较敏感，或者是吉县里的煤矿又出事了，瓦斯爆炸或者塌方，这颗定时炸弹迟早会炸响，已经要求整改过多次，每一次都是走走过场，省里来检查组了，歇工几天，检查组前脚走，后脚又开工了。市里头自查肯定睁一只眼闭一只眼，哪几个头头脑脑不得过这矿里的好处？除了新来的陈副市长。曹文在车上想到这一点，刚刚紧绷的心头缓过一口气来。

  会议室今天显得相当神秘，书记和市长都在，但他们并没有如往日那样在主席台上正襟危坐，当然，也可能因为这是半夜的一个紧急会议。曹文看见书记和市长在耳语着什么，面色凝重，一旁，纪委书记和公安局局长都在忙着接听什么重要的电话。感觉这个事故不会小。令曹文极其意外的是，自己的到来居然导致了已经在座的各位领导几乎全部暂停手里的忙碌，转而注视着他一步步走到自己习惯的位置。同批考入市政府的同为领导秘书的吴葱今天似乎刻意坐开去了，不像往常那般挨着曹文坐着，曹文觉着有些别扭。

之后，会议上，市长宣布的内部最新消息是"地震级"的，对曹文来说，更是一场大地震——陈副市长在欧洲某国外出时失踪了！

曹文在那一刻如触电一般，脑中短路，一片空白。自己的天塌了，这种重重的彻骨的痛在他逐步清醒后愈觉明显。陈副市长出发前的一切表现非常正常，在市里的招商大会上还发表了长达15分钟的演讲，口若悬河，完全脱稿，虽然内容和曹文准备的发言稿八九不离十，但曹文不得不服陈副市长的记忆力和表现力，这个稿子他在会前的车里才刚刚交给领导。

会议结束后，领导即刻前往机场，以他为团长的欧洲经贸考察团团员已经率先在机场贵宾厅集合。领导在登机前，还细细交代曹文记得准备好下周电器博览会开幕式与开发区转型升级推进会的两个发言稿。

那么，这个失踪是意外吗？被绑架？曹文听到了纪委书记之后关于陈副市长失踪当时的详细介绍，陈副市长留下了一张纸条，说是自己身体忽感不适，由儿子接去看病，请外经贸局鲁广明局长代为团长继续考察后面的项目，并带队回国，不必等他。其后，陈副市长和儿子的手机全部关机，不再有任何消息。省、市纪委已经就此立案，一方面查找陈副市长在某国的踪迹，找到后劝其回国；另一方面，彻查陈副市长在龙城市与本市的违法违纪情况。

曹文知道领导的独生儿子陈波在欧洲留学，据说已经与某国的一位侨领的女儿结亲。而领导的夫人仍在龙城，并未出来。难道出现了什么紧急的情况，使得一向淡定从容的陈副市长选择了在半途突然出走，而不顾国际影响？当然，这也许是他蓄谋已久的，考察正是他最好的出走机会。曹文记得领导经常在车里教诲他的一句话：要么不出招，出招便要一招制敌。原以为是领导提醒曹文要学会有城府，胸中要有谋略，不轻易显山露水，哪曾想领导现身说法，出了一招"迷踪拳"，直接来了个人间蒸发！明天上午，不，应该是今天上午，陈副市长的出走必将成为今年本市官场的一大笑话。即将要上调省里的书记承受的负面影响是巨大的，曹文看见了书记那可以将人射穿的愤怒眼神。

会后，陈副市长的秘书曹文和司机顾忠威立即接受市纪委的隔离审查，如实回答各项问题。

五

曹文一夜没有回家，手机关机，办公室无人接听。明雅觉得蹊跷，前头说去开会的，现在天亮了竟然找不见人了，她记得夜里曹文是坐出租车去的市政府，她担心起来，怕夜里的黑车将曹文带去了什么神秘的地方，谋财甚至害命。明雅连忙拨了吴葱的手机，手机响了半天，吴葱却没有接听。这更让明雅恐惧起来,她天生胆小,准点到校按时上课的规矩多少让她有了一点强迫症,她匆匆去了市政府,找到了吴葱,一向亲热地喊她嫂子的吴葱今天的态度是从来没有过的冰冷,吴葱只说了一句话:"陈副市长出事了,曹文被纪委叫去询问了,你回家等消息。"

明雅忘记了自己是如何从吴葱办公室退出,又是如何一步步走下楼梯,再从市政府走出来的,她觉得这个消息比曹文被黑车绑架更可怕,几乎是致命的,对曹文对她来说都是。曹文会有事吗?陈副市长出了什么事?明雅在心头念叨着。她坐在大院门口的长椅上,一株茂密的紫荆树挡住了她头顶的阳光,她两脚再无力走动,好像一位刚刚做了小产手术的女人,伤心和失落挤满了胸口。当初她并不满意曹文的长相和小个子,但是曹文的本分、细心、文笔好让她动了芳心。他跟着陈副市长还不满四个月啊,会出什么事呢?曹文有时候开会或者调研回来最多是拎着一袋土特产或者茶叶什么的,直接孝敬给了丈母娘,偶尔拿回一张傲康皮鞋券或者吉仕衬衫券也都讨好了明雅的弟弟,难道拿了这一点礼品,也是受贿?明雅的心头在打鼓,她在想着回去如何和母亲与弟弟说这件事,赶紧让他们把剩下的茶叶和什么皮鞋、衬衫券的交出来。

难道曹文还有什么重要的事情瞒着我?这短短的四个月不到会藏着什么重大的事件?在秘书科的时候,曹文和违规的事情搭不上边,之前他还没那个渠道,跟着陈副市长,也只是刚刚把工作熟悉开展起来,还不到可以伸手的时候。一定是那位道貌岸然的陈副市长连累了曹文。明雅在电视新闻里见过曹文的领导，那张国字脸非常有官相，也很上镜，但是明雅却不喜欢，隐隐感觉他的举手投足中作秀的成分太多，像个演员，不像个务实的干部。

明雅被弟弟接回了新房，曹文的父母亲都在，自己的母亲也在，刚刚她对弟弟电话里讲的他们都已经知晓，老人们的脸色很难看。曹文的母亲已经坐不了，人整个斜在沙发上，曹文的父亲在狠狠地抽烟，客厅里弥漫着呛人的烟雾，这个造船厂的退休老工人完全忘记了媳妇有身孕，忘记了他当时一高兴立下的戒烟保证。明雅告诉几位老人，曹文只是去接受询问，曹文不会有事的。她冷静下来了，得让老人宽心，其中两位有高血压，惊不得。

六

陈副市长的司机老顾先出来了，他是大院车队的副队长，给多任领导开过车，部队复员，要不是学历太低，早就转岗到下面的局里去了。曹文还在接受询问。纪委的两个同志对曹文还是很客气的，至少没有让他一直站着，或者一直在他眼前亮一盏灼眼的灯，在肉体上先摧垮他，以达到迅速坦白的效果。这些"待遇"曹文是听说过的，曾经他的老上级，市府办的谭主任，到县里担任两年县长，后来因为受贿问题被检举，进了纪委，据说最后坚持了不到一周，还是招了，谭主任声称在里头受到"人格侮辱",那些场景曹文没见过,但是可以想象。

"请如实写下与陈季忠在本市有密切联系的干部和企业家的名单,以及你所知道的陈季忠与海外联络的相关人士与联系地址与号码……"曹文的记忆力相当好,当年在大学时,他的速记能力曾让系主任惊叹。但曹文的记忆里没有什么特别的细节可以和陈副市长的出走联系上,他将近四个月陈副市长的工作行程全程搜索了多次。他的结论是:"陈副市长,不,陈季忠同志近四个月的行程安排,市政府领导工作安排表里都有详细的记录,至于他密切联系的干部和企业家也是市里的主要干部,书记、市长、常委,各区负责人,本市百强企业的几个知名企业家,这个名单也是众所周知的,我没有见他有其他特别的安排,唯一的一次也就是这次欧洲之行没有让我陪同。"这也曾经是曹文有过的疑惑,领导为何不愿带他一起去欧洲考察,鞍前马后的难道不要他服侍?如今,曹文却觉得幸运,幸好没有让他同去,这至少表明了陈季忠对他不信任,与他之间保持着距离,毕竟他们之间只有四个月的上下级关系,他只是领导的秘书,而非心腹。这种不信任今天反而减轻了曹文的负担。曹文的回答是:"我估计陈季忠同志的问题可能是在龙城的老问题,具体我还没有察觉,因为在本市,陈季忠同志的工作还只是刚刚开展。"曹文用了估计二字,他对这位新领导的了解的确不够深入,除了接来送去端茶排饭,聆听思路撰写话稿,曹文对陈季忠日常工作之外的行踪并没有掌握。双休日,如果没有会议或者活动,陈季忠都会赶回龙城,很多领导笑话陈副市长是爱妻好干部，而陈季忠回龙城的积极性如今看来不仅仅是为了他的那个夫人，更多的是他在龙城主政十多年来的那一番经营。陈季忠在龙城的秘书在他调任副市长后被提拔为龙城的旧城改建指挥部主任。

七

陈副市长欧洲考察失踪的新闻迅速成为新浪、搜狐、凤凰等网络媒体的头条，虽然本地媒体集体保持了沉默，但是网络时代的新闻，只要有一点点腥味，苍蝇必定聚拢，并迅速传播，而且是愈掩盖愈招来更大的关注兴趣，直至成为焦点。省领导非常生气，这种事情的国际影响和国内影响都是恶劣的，在这个时刻需要迅速彻查定性，需要迅速召开新闻发布会，越快越好。所以，曹文一时还不能回家，而且有了指令，与陈季忠有关系的亲戚、朋友、同事在目前这段非常时期不得申请出国，与海外的联系也要被密切关注，一有陈季忠在欧洲的蛛丝马迹都将被询问并接受调查。

曹文的家属只是接到通知让送衣物到纪委，曹文同志还在配合调查陈季忠的问题。然而，外头的舆论对曹文是相当不利的。有说陈季忠跑了，他的内应秘书曹文锒铛入狱了；有说陈季忠慌不择路，连龙城的老婆也没来得及带出去，如今老婆和秘书都要替他顶罪；也有的说陈季忠来本市就是玩个跳板，转移自己在龙城的积累，据说很多贿金已经转移出去，而秘书曹文是经手人之一……谣言四起，偏偏这个信息不畅的机制下，有很多人宁可相信谣言，本市那个七零八落论坛里的爆料便有很高的点击率，很多负面新闻，往往是先在论坛里出现，过后几天才会在本地媒体上看到口径统一的相关通稿。

明雅在失眠慌乱中度过了最初的24小时，虽然母亲再三安慰她要休息，为了肚中的胎儿，但是涉世不深的她还不能从突如其来的重击中清醒过来。曹文父亲的担心更是让明雅感到绝望，父亲说："曹文的仕途刚刚开始就已经结束了，即使没有牵连，出来后也不会再有别的重用了，官场上有很多忌讳的，倒掉的领导，其秘书大抵不会再有新任的领导用。"曹文出来后，将去哪里？一切像刚刚纳入轨道，忽然就脱轨了。明雅在重击后，感到一阵连一阵的头晕脑胀。她娇小脆弱的心灵已经承受不住焦虑，她似乎不再关心曹文的未来如何，她眼下只想见到安安全全的曹文，见到曹文出来。

学校里没有通知她去上班，学校里批准一周的婚假已经结束。齐校长似乎兑现了自己酒席上的承诺，或许可以让她把15天的晚婚婚假休满。可是，这个新婚蜜月从第五天开始便成了明雅一个人的蜜月。曹文则在纪委里继续他的婚假。这个意外实在很难猜想，实在是运气太坏。

八

明雅去了一趟学校，她的课真的不用着急去上，已被一位新调来的美术老师替下了。齐校长告诉明雅，安心去度婚假，曹文应该没事的，等家里的事情平定了再回来上班。明雅很是感动，原先一心认为非常难请的假现在齐校长一下就安排妥当了，是自己把困难扩大了，其实缺谁都不是问题。她原本想说回来上课的，因为一个人的婚假让她在家里等得心发慌，不如回来上课分散注意力的好。但既然齐校长好心安排她继续休假了，那就不要再勉强了，况且明雅腹中的感觉两日来不是很好，这个意外的打击也伤及了里面的那个小人儿。而且，明雅明显感觉到了同事对她的刻意回避，估计曹文进去的消息学校里已经上下传达了，没有同事问她在哪里度婚假，也没有同事关注她微微隆起的腹部，即便明雅不再刻意掩饰自己非常小心地行走。明雅非常寂寞地打车回家。她的心里忽然感觉一阵阵冰凉，之前对齐校长的那股感激瞬间消散，她甚至觉得自己与这个学校的关系也在瞬间结束了。

陈季忠的妻子被宣布了"双规"，这位龙城烟草局的工会原主席，曾经在龙城八面风光的"第一夫人"就此倒台。据传闻，她交代是陈季忠抛弃了她，陈季忠在龙城有多个情人，他们分居多年，在外只是貌合神离。而陈季忠周末回龙城也一概与她无关，如果这个男人还要她，不会独自出走的，而她如果是同谋者，也完全可以在陈季忠出走之前率先去探望在欧洲的儿子，只需在那里静候陈季忠的会合，不至于落得今日被"双规"的下场。这个说法是无限接近事实的。而陈季忠在龙城的原秘书，现旧城改建指挥部主任也被宣布双规。陈季忠在龙城的"劣迹"迅速被照见了阳光。据不完全统计,这位擅长作秀、热心慈善的陈副市长从龙城转移到欧洲的资产近5000万元人民币,而原秘书在其中做足了明修栈道暗度陈仓的功课。近期,龙城的官场也遭受一场地震,近乎人人自危的地步,一张"多余安置房按暂定价格销售给相关人员"的名单水落石出,涉及房屋面积近2万平方米⋯⋯

调查朝着对曹文有利的方向发展,曹文在里头也日渐轻松,没有人再盯着他问这问那了。他开始考虑自己出去后的位置,回秘书科?还是下派去基层?依照曹文的性格,他大不想去看那些仕途得意者嘲讽般的目光,那些不咸不淡的安慰不会给曹文什么笃定,只会平添他的烦恼。想到前任书记的秘书去了黎平区当了区委常委、组织部部长;想到前任市长的秘书到市行政执法局当了常务副局长,这些春风得意的家伙曾经和他称兄道弟,如今,还会认识他曹某吗?于曹文而言,虽然和陈季忠没有任何牵连,但是他的天空却已经大变了,在这个世界上,他得重新找一下自己的定位,在出来之前,他得好好想一想。

九

如果这也算是一种巧合,那真是一个笑话,曹文在婚假的最后一天结束了询问,回家了。组织部门通知他在家里等待,不得离开本市,护照上交所在单位保管,新的工作岗位等待领导研究决定。明雅和曹文的见面没有那种劫后重逢的激动,没有拥抱,甚至没有牵手,明雅只是接过曹文装着衣物的包,说了一声:"你瘦了。"曹文的第一句问话是:"你没有去上课?"婚假结束了,两个人却都没有回去上班,明雅在等学校的通知,曹文在等组织上的安排,原本非常紧密的日子这一刻却如紧绷后断开的皮筋,彻底松弛了下来,除了明雅肚中的胎儿。明雅觉着无所事事,曹文显得心事重重,后面没有安排的日子,反而空落到心慌气短。

曹文不愿去找任何一位老领导,虽然父亲再三提醒他这个节骨眼上要去请老领导关照一下,可是曹文固执地认为没有一位老领导在这个时候会愿意接近他,陈季忠留给本市官场的余震还在,自己身上的晦气还没有消除干净,不能再把这晦气带给他人。估计老领导们比较一致的回答是:好好休息,相信组织会调查清楚的,等陈季忠的事件定性了,宣布处理结果了,你的新岗位也会落实的。而对于明雅的不再上课,曹文倒是觉着不妥,婚假结束了,没有理由不让回去上班的。齐校长难道真的要兑现给明雅完整蜜月的承诺?他给齐校长打了一个电话,齐校长的回答是:"你们俩蜜月还没度完嘛,这么着急要上班?明雅如果真的要马上回来上班,考虑到她现在的身体状况,还是先去教务处吧,轻松一点。"齐校长的话听着很是关切,热情,这让近日备受冷落的曹文很受用。他顿生感激,可是又不知该如何表达自己那一刻的感激,一向冷静自若的曹文在电话这头语塞了。

明雅去教务处上班了，工作也的确简单，只是安排一下全校的功课表，某个老师请假，就布置另一个老师来代课。大部分时间是无事的，几乎是一天坐到晚。然而，明雅听到了另一个惊雷般的消息——新调来的美术老师转正了，占用了今年学校里可能唯一的一个转正名额。而且据说这位新来的愿意离开市里炙手可热的德明中学调到卫生学校就是冲着编制来的，也算是曲线救国，至于她的背景，暂时无从知晓。那么，明雅转正的事情就不再有眉目了，五年的煎熬后，希望依旧遥遥无期。那一天下午，因为失望与愤怒的复加，擅自提前下班的明雅从公交车上下来后，在站头晕倒了，不幸的是明雅晕倒时还被一辆外来民工驾驶的助动车撞上了。

曹文和明雅的第一个孩子没有了，这一天是他们所谓蜜月的最后一天。

不如忘却

一

小姨不见了。何禾问外婆，外婆只是叹气摇头，也不出去找找。问妈妈爸爸，他们说：安心读书，大人的事情小孩子不要管。问妹妹："你妈妈到哪里去了？"妹妹冷冷的，关上门，不理她。后来，许多天过去了，小姨不再出现在何禾的世界里了，她杳无音信，好像人间蒸发。何禾相信：她一定躲在什么地方，大人们一定都知道，只是不愿意告诉我。

何禾知道小姨父很多年前就不再来我们家了，后来，小姨父就离开了，据说去了广州，做生意去了。小姨和妹妹回到了外婆家。她猜想小姨也许也跟着什么人出去做生意了，小姨以前开过一家唐装店，何禾去过她店里，店里摆着一尊观音菩萨，黄杨木雕的。现在这间店成了童装店，何禾周六下午补习班回来，特地走了点远路去寻找——这个店早就不是小姨的了，店主是一个很油腻的大叔，他说不认识小姨，不知道是不是也不愿告诉她。

为何他们,还有小姨自己都不愿意告诉我她在哪里?也许我该报警,让警察帮我把小姨找回来;或者让方老师帮忙,方老师她是一个很有爱心的人。

何禾说的方老师就是我,我挺喜欢这个安静的孩子,别的女孩课间叽叽喳喳麻雀一样热闹,她只管自己读书。她的作文也写得好,五年级就很有独立思想了。她把小姨失踪的事情写在作文里告诉了我,我觉得意外,得找她谈一谈。

"何禾,这是真实的事情?"我问。

"是的。"她的眼神中有些失落。

"大人都不着急,说明小姨一定好好的,只是不方便告诉你,你也不用着急,安心上学。"我安慰她。

"可是老师,妹妹应该需要妈妈呀,小姨这样子是不负责任的。"何禾嘴里蹦出一句很坚硬的话。我停顿了一下,却也觉得在理。

"那我问问你妈妈看。"

何禾的妈妈和我是小学隔壁班同学,我们不是很熟,何禾读小学后,她才和我明确了老同学的关系。我在微信上给她留言询问,关于何禾的小姨,也就是她的妹妹的事。她的回复是何禾的小姨离婚了,她还在本市生活,至于在哪里不便说,请老师和孩子安心,何禾小姨目前还好。

这个回答没有让何禾认可,何禾有些落寞,她不理解曾经那样开心的小姨为何忽然就像失踪了一样,而身边的大人却不闻不问，离婚为何还要离家，妹妹也见不到妈妈了。有很多天的大课间何禾都枯坐在教室里，她的伤心我很有同感。我能否帮她找到小姨？

二

何禾决心去寻找小姨。她悄悄从妈妈的手机里翻到了一个陌生而奇怪的号码，这个隔月都有联系的号码标注的机主名称是静非。这个静非是谁？之前没有听妈妈说起过，也许是一位陌生的阿姨，也许就是小姨。何禾请我帮她拨打了这个号，手机是关机状态。我之后再次联系，也是关机，对方也没有开机回复。

大约一周之后，一个太阳很好的下午，我刚刚改好试卷，靠在藤椅上，慢慢喝一杯乌牛早茶，忽然，手机震动了，屏幕上显示正是静非。我惊讶，眼前掠过一丝欣喜。

"喂，您是谁？"女性的声音。

"您是静非女士吗？"

"我是静非，您是？"

"我是何禾的老师，我姓方，我是何禾妈妈的小学同学。"我连忙说明身份，我很怕对方挂了电话。

电话那头迟疑了许久，终于有了一个轻声却明确的回答："我是何禾的小姨。"

那一刻，仿佛我头顶上的光一下子更明亮了几分，却又紧张到有点语塞，不知要和这位静非从何说起。我迅速梳理了一下激动的情绪，我不能直接问她在哪里，而是先要告知她何禾的困境。她听完我的叙述，沉默了很久，她最后答应我带着何禾去见她，她会把地址通过短信发给我。我收到的地址是齐云山朴念庵。我之前的揣测是准确的，静非是何禾小姨的法号。

何禾没有把找到小姨的消息告诉家人，她觉得妈妈肯定是知道的，只是不愿告诉她，在妈妈眼里她还是个小孩子，但何禾觉得自己有责任去见一次小姨。我开车带何禾去齐云山。齐云山在西郊，一个小时的车程，还要走一段盘山公路，那时刚刚初春，树枝头爆出很多星星点点的嫩芽，空气里还有一点点潮冷。朴念庵不通车，得在山腰的一个坪上停车，再步行走石阶两百余步上去。庵门不大，有联一对：勤修戒定慧，息灭贪嗔痴。入庵，遇一年轻尼姑，问静非法师在哪里，年轻尼姑手指西厢房。

何禾与小姨的相见竟然出奇的安静，没有拥抱，没有握手，就像两个曾经熟识而又刻意保持距离的老友。静非为我们沏茶，她见到外甥女没有久别重逢的喜悦，宛如见到了一个别人家的孩子，而何禾亦显出了几分尴尬。何禾很想说什么，却是欲言又止。

我替孩子问了一声："何禾小姨，家里人都挺想你，孩子很想您回去团聚。"

"阿弥陀佛。"静非闭目合掌口中轻念。

"您看，您能下山吗？"我话出口，明显感觉到自己的唐突与冒昧，有点强求的感觉。

"老师请理解，我已非尘世中女子。"静非低头慢语。

何禾非懂似懂，她着急了，终于喊出话来："小姨，妹妹很想你，她还小，想妈妈。"

静非没有言语，她沏茶的手有一点点颤抖，茶水湿了绛紫色桌布。

何禾决定留在朴念庵过一日，她要劝小姨下山。我先行回去，我吃惊这个孩子的决定，我看到她眼里的泪光。我之前其实已经悄悄微信告知何禾的妈妈，我要带孩子来朴念庵，我说孩子需要情感上的安慰，请家长重视这个问题，何禾如此，何禾小姨的女儿更是如此，需要弥补亲情的缺失。何禾这个周六的晚上留在了朴念庵，她要和小姨在一起，次日，何禾妈妈会带着静非的女儿上山团聚。这个决定与其说是我再三央求的，不如说是何禾家里人一直期盼的，今日终于达成。

我开车下山，心里头五味杂陈，一场失败的婚姻，为何要决绝到与世隔绝？这种选择也许是常人所不解的，难道其中有不可言说的重大的痛苦，或者羞于见人的奇耻大辱？生活的河流遇到漩涡，在风平浪静后为何不继续前行，却换了一条非常之道？我不知道小姨会与何禾说点什么，但愿能宽慰这个女孩。这个在庵里的夜晚，何禾能否安心？

不在同一河流里的人无法感同身受，我能做的是默默为她们祈祷。

三

周一，我在教室里见到的何禾还是像往常一样安静，没有同学知道这个周末她去了哪里，她到底经历了什么。她在周记里向我描写了她的收获：

方老师，感谢你带我上山，小姨带我参观了朴念庵，我参与了点灯。

我也许也信佛，只是很浅很浅，但对菩萨、对僧人却有着敬意。小姨是尼姑，但我并不以此为羞耻，这对小姨或许是最好的选择了。佛堂里很亮晃，即使没有阳光，有六排或十排的蜡烛，那整个空间就是金黄的、灿灿的。我自愿去点灯，点灯要等到中午所有的蜡烛熄灭后再点起来。

等到灯都熄灭了，我便兴致勃勃地进入佛堂。用夹子把每一个空蜡烛盒扔到垃圾桶，再用夹子把新的换上去，火柴一擦灯就亮了。小小的火焰在摇晃，里面是金黄色，外面是大红色，我恍惚觉得这小小的禁不住风的火苗正承载着一个人或者更多人的希望，这些就是小姨她们除了念经祈福外唯一的精神寄托了吧。

点灯看似不难，其实还是挺难的，但想到责任如此重大也就不觉得难了。专心起来，老老实实取下一个个空盒子，小心翼翼地，有些蜡烛油滴在了杯底把蜡烛盒粘住了，很难拿，轻轻用夹子夹住盒子边缘拉起，再用力往上，让盒子一点一点离开桌面。重复了几次,我似乎觉得手脚发麻,连空气都凝结起来,又似乎感觉天旋地转。我想我确实是太紧张了,那些僧人看待这些是何等的重要。我学着她们点完一排拜一下大殿里的菩萨,不带什么目的也没有什么玩的情绪,拜一下就像是完成一个巨大的使命,内心似乎也轻松了许多,去掉了那个所谓的皮囊,生起一个慈悲的心愿。

我一排一排地点,取下蜡烛盒再放上蜡烛盒,点灯……一个循环又一个循环,做多了也就无味了。我想把所有的灯都给点上,但这好像越来越难了——实在是太累了,似乎想要睡觉了。我无法想象她们是怎么带着庄重又慈悲的心去做的,或许这里是她们的归宿,她们的心在这儿,她们每天专心点灯是为众生祈福,这是神圣的吗?

这或许是我这趟山上之行最大的收获吧。

四

何禾没有提到小姨的事情,她只写了自己在庵里点灯的经历,难道她忘了和小姨诉说她心中的挂念,还有请小姨下山的强烈愿望?我猜测她是欲言又止了,肯定不会是孩子贪玩,把时间都给了点灯的乐趣。小姨应该还是留在了朴念庵,她见到了自己在尘世里的女儿,她会改变主意吗?我想起静非的那一句话——"我已非尘世中女子"。

我对何禾说:"从山上回来,你好像变了,你能理解你小姨吗？过去的那个她也许已经不存在了，现在的她在尘世外的另一个世界，那儿是她心之归宿。"何禾回答："所以，我似乎也悟到了，还是忘了她为好。"

下一周的作文课，我别有用心地出了一个作文题：忘了吧。语文老师很多会出题"忘不了"，我却在课堂上解析说：生活中有时候记住不如忘却。

何禾的作文我给到了满分：

或许是一个玩笑，但老师你真的给了我启发。

是啊，忘了吧，不要去打扰她宁静的生活了。小姨能放下一切，甚至于抛下妹妹独自一人上山修行，定有她的想法。正如老师说的可以不管世俗，抛下红尘，把人的七情六欲留在山下的小姨真的是觉悟了。她似乎有常人——我们所不能及的意志，真的要放下一切，只为去山上信佛念经修行，为自己为众生虔诚地祈福，每天转动那乏味的珠子，太难了。

我该把接小姨下山这个想法给忘了，尽管妹妹、奶奶很伤心，但小姨她是经历了何等的痛苦、矛盾、内心的挣扎才会产生这样巨大的意念去山上削发为尼呢？这样对小姨来说是不公平的，我不能勉强她，我不该勉强她。或许菩萨早就安排好了这一切。

她现在不再空虚了，有了自己的信仰，有了自己的道场，她心中的佛发着金光。我为什么还要把她再接到这"肮脏"的充满"悲剧"的世俗之中去呢？忘了吧，不要把小姨接下山了。寺庙是她的家,为什么还要让她离家呢?她找到了自己的归宿,她的心在佛祖那儿。

她对于我来说已不是一个凡人的存在,只愿待在寺庙里,也只有寺庙能容纳下她的心。

忘了,我要把她忘了。但每当眼前浮现出奶奶的伤心、妹妹的可怜,就忍不住又想——把小姨接回来。可我知道,小姨不愿回来,即使把她接回来了,她的心也仍在山上,能抛下红尘的人,心也是坚定执着的。

我只能说服奶奶和妹妹,让她们知道她的女儿、她的母亲是多么不凡的修行者,而不是一个世人眼中卑微又可怜的尼姑。奶奶、妹妹若想通了,我也会把这念头给忘了,时常想到小姨也会时常对自己说:忘了吧。

忘了吧,不去打扰她,她好不容易找到了归宿,有一个安静的家。

佛光普照着她,影子很高大……

合上何禾的随笔本,我沉默良久,信仰是一种力量,给黑暗中的心房照进一束亮光,为无常的行程亮起一盏希望的灯。我后来问何禾:"你介意你写小姨的随笔拿去发布吗?"何禾轻轻地摇摇头。

似醉

一

　　好酒者说微醉的状态是一种享受，甚至可以称为喝酒的一种仙人境界，有句俗话——人生最佳状态：七分清醒三分醉。可这三分醉不是一般人能清醒把握的，这个分寸和火候往往在觥筹交错间失去或者过头，吴久亮在家滴酒不沾，却也在外醉过酒。

　　记忆里的第一次醉酒是在入职后的第六年年终聚会上，那天，每一位组员都举杯去给领导敬酒，场面热闹团结，吴久亮被迫举杯，在敬酒后又被领导那一桌的几个中层拉住，走了一圈，连续八杯下来，脑门子热了，他去了一趟洗手间……结果，他醒来的时候头是枕着马桶的。我在哪里？回想了许久，他才找全刚刚的记忆碎片：我是醉了？醉了。在卫生间里？那我刚才的尿拉完了吗？他缓缓起身，看了一下裤裆，工具是放回去了，拉链还开着，那么之前发生的休克是在拉完尿的最后一刻,他已经强行控制着自己把工具放了回去,却在要关上门的那一瞬间失去了知觉。这种感觉有点像什么?吴久亮扶着墙壁站起来,洗手,默默回味着,他的心里蹦出两个字:像死。

对,像死,也许死了就是这种感觉,什么知觉也没有了,在漫长的无边的黑暗里,彻底忘记了时间,在醒来后不知自己身在何处,经历了什么,经过了多久;而如果不再醒来,那么不是成了植物人,就是灵魂已经离开这个脆弱和无能的躯壳。吴久亮彻底苏醒,他摸摸裤裆,甚至那上面还有点湿,有几滴失控的尿留在了上面,这不算什么,万幸自己失控倒下的时候脑袋没有撞击到坚硬的马桶或者洗水槽,那样的话后果将不堪设想。还好,一定是自己凭着最后一点清醒,在倾倒的瞬间顺势做了一个自保的动作,所以,这时候浑身找了一下感觉,没有一处疼痛,除了胃里有点满。还值得庆幸的是,没有一个同事在这个时候发现他枕着马桶躺在洗手间的地上,不至于尴尬到无地自容。吴久亮对着镜子理了理头发,用冷水洗了把脸,装作没事一样出去了。没有人关心一个小职员在洗手间里待了多久,发生了什么,包厢里的气氛依旧热烈,声音喧哗,不会有人听到之前卫生间里的动静,况且在座的各位基本都到了微醉的状态,酒正酣呢。

二

"死"过一回的吴久亮彻底在喝酒上认怂了。他没有将这次的休克告诉妻子,他有顾虑,他的岳父大人可是一个酒仙,自称打小至今六十五年不曾醉过,酒桌上经常劝吴久亮喝酒,而吴久亮一向表示滴酒不沾,从来都是喝饮料不开戒,饭局后主动给大家当司机,妻子的娘家人那里吴久亮被戏称为"无酒量",人如其名。而今天单位聚会醉酒休克的事情向妻子报告,无异于自作自受,吴久亮感觉没有脸面,不如不说。但是第二回醉酒很快来找他了。

这一回是在自己家的卫生间里,吴久亮如厕时整个人往后倒去,直接将卫生间的一扇木头门撞出了滑动槽,他倒在门上,玻璃没有碎,门套裂了,难堪的是这一回工具没有及时收回裤裆,居然还挂在外头。醒来时面对的是惊慌失措的妻子,他的后脑勺有一点生生的痛,有点晕,也许有轻微的脑震荡。没有酒量的吴久亮为何要在家里喝酒?这一天没有重要的客人,也不是什么纪念日,只是妻子的好奇心在作怪。

"久亮,听说你在单位里有喝酒。"这个城市太小,妻子有同学和久亮一个单位不同科室,"你是不是不愿和我爸他们喝酒?那也太没有礼貌了!"妻子的好奇逐渐变作怀疑,直至产生了愤懑。吴久亮这么多年坚持滴酒不沾,早已经让妻子在娘家倍感压力,今天,她有心要揭露一下他的"虚伪"。

"我真的不能喝酒,我以爱情担保。"

"我怀疑你是装的,这些年你还有什么瞒着我?"

…………

吴久亮的确有事情瞒着妻子,比如他两年前婉言谢绝了一次重要的提拔机会。领导曾经亲自打电话给他,要他去综合办担任主任,这个机会也是领导对他的一个回报,因为吴久亮长期联系教育口,干净利落地落实了领导小舅子儿子某名校的入学名额,成了领导信得过的自己人。可是这个综合办主任就相当于办公室主任,要各种应酬、迎来送往,关键时刻还要舍身为领导挡箭,喝酒能力不具备,坐这个位置等于屁股下有铁板烧。他的这一次拒绝也让领导与他生分了,工作六年了,他还是原地不动,妻子的娘家人已经怀疑他的上进能力,这位华大的高才生,这支潜力股,难道要永远做一个安分守己的小职员?这个事情要是让妻子知道了,还不是要六月飞雪,直接吐血,毕竟妻子是一个那么要强的人。你就因为这该死的无酒量,就拒绝了绝好的进步的机会,你就不会培养一下自己,连尝试的勇气都没有?你还算一个男人吗?

所以,今天吴久亮破天荒地提出来喝酒,妻子自然是惊异而喜悦的,酒仙的女儿是自带酒量的,嫁给吴久亮后最大的缺憾便是一直没有机会夫妻对酌。

吴久亮想努力表现一下,让妻子看到一点希望,给自己也增加一点信心。可是三杯下肚,他还是在解手的时候晕倒了,他红着脸跟跟跄跄迈向洗手间时妻子还在打趣他:"你是不是中戏毕业的?你的醉能获得最佳表演奖……"而后是一声巨响,卫生间的门"炸"了出来,吴久亮倒了。醒来时望见的是妻子被惊吓而扭曲的脸,吴久亮慢慢找回了自己的知觉,刚刚发生了什么?和第一次晕倒的经历何其相似,在排尿的过程中，脑部渐渐出现无法控制的迷失。鉴于第一次的经验，他如厕时已经刻意提醒自己保持清醒，但还是无可阻拦地失控了。这是醉吗？有这么急速和相似？而且都发生在如厕的时候。也许，我是有什么病。吴久亮忽然警醒过来，我必须得去看看。

三

医生的诊断非常简单——间歇式缺氧。没有开任何的药片药水，无须治疗，医生说有些人天生就是这样的，饮酒后心跳加速，如厕时会因为血压关系，形成突发的脑部缺氧，这种缺氧本身不可怕，怕的是失控后的受伤，如果头部撞到硬物，轻者头破血流脑震荡，重则有生命危险，一击致命。医生建议吴久亮以后酒后上厕所小便最好坐在马桶上，这样保证血可以抵达脑部，确保清醒，或者醉酒后如厕有人陪同，防止意外。坐在马桶上小便很像女人，吴久亮暗暗发笑，自己的这个毛病还不错，正好可以用来解释为何不喝酒，有生命危险，你们放过我吧。

但是这个间歇式缺氧的借口并不是都好使，有不少同学与亲友在闻听时劝酒的劲头反而更加猛烈了："没听说过有这毛病，你是喝得太少了，多喝两杯血脉畅通，一定不缺氧。""久亮，就一杯，你不会是真的就醉吧，你这叫作似醉非醉。""你放心喝，等会儿我亲自扶你去厕所，亲手协助你小便。""如果你真的醉晕了，我保准让这位美女给你人工呼吸，求之不得啊！"……吴久亮小心对付着,没有被激将起来,偶尔勉强小饮两杯还是有的,由于刻意的自我提醒,加上酒后如厕时的坐、蹲式,还真的不再出现之前的休克,吴久亮终于有了一点点酒量,这多少给到了自己和妻子一点面子。

可以小酌两杯,可以基本应酬的日子安然过去了十多年,吴久亮心中对自己无酒量的认定也渐行渐远,间歇式缺氧也不再经常性成为他的借口,曾经的两次卫生间醉倒也成为遥远的记忆和年轻时的逸事。这十年间,酒量提高的吴久亮也终于获得了提拔,成为单位新媒体中心的副主任,相当于单位宣传部的副部长。这个岗位虽然没有综合办的应酬繁忙,但是迎来送往还是少不了,好在聪明的吴久亮已经培养了一位"酒代"——他们办公室新来的年轻人小杜,小杜在关键时刻都会挺身而出,把吴主任的酒悄悄运走或者代为喝掉,即使小杜的文字水平和工作能力只能算是及格,但是小杜的酒量为他加分不少,这个能力如果当年吴久亮就具备,今天的他就不会只是个副主任了,至少已经是副总的位置。吴久亮原先对那些拼酒豪放横刀立马的男人有诸多偏见,如今他自己也渐渐融入了这种热闹而团结的氛围。

四

当把某一种曾经的威胁彻底忘却的时候,蛰伏着窥视着的敌人却会在毫无察觉时卷土重来。吴久亮的这一次醉倒来得非常突然，连他自己也没有一点预感，当时他尚未有尿意，所以不是在洗手间发生的，而是直接从座位上滑了下来，身体的前倾将桌布整个拉了下来，连带着盆碟酒杯一股脑都散落下来。这一次的聚会没有小杜在场救驾，这一次的喝酒也是吴久亮自愿的，毕竟是初中老同学聚会，邻座劝酒的就是当年让吴久亮少年春心萌动的那个美女同桌，虽然年龄已近中年，这位跳禅舞的同桌却有着逆生长的身材，波浪长发加上束腰长裙，成熟的风韵，热辣的眼眸，让吴久亮有强烈的酒不醉人人自醉的感觉，吴久亮忍不住多喝了三杯。

吴久亮十多年前的两次间歇式缺氧都是瞬间发生瞬间清醒，休克到清醒的间隔只有几秒钟，而且均发生在卫生间，但这一次的休克时间长度逼近了安全底线，地点就在酒桌上，人瘫倒在美女同桌的长裙下，幸运的是吴久亮是在美女同桌香香怀里醒来的，这个比前两次间歇式缺氧的发生地好太多了。惊魂甫定的同学纷纷打趣吴久亮是激情燃烧，故意醉倒在初恋情人的怀里。缓缓找回知觉的吴久亮在醒来前看见眼前的厚重云雾出现了许多漏光，耳边有呼唤他的声音，由远而近，由飘忽而清晰，他终于接上了断掉的信号，找回了自己。他想解释一下刚刚的失态，可是觉着自己居然有点饶舌，不听指挥，他必须得声明一下，重述那个好久没有使用的借口——间歇式缺氧。吴久亮被美女同桌扶到包厢的沙发上，躺好，休息一下，耳边听见大刘说："你别装醉啊，刚刚我给你掐人中你有知觉吗？"还有阿炀说："我们被你吓坏了，放心，再也不让你喝酒了。"吴久亮喝了一口服务员端来的醒酒茶,看看几个同学与两个服务员正在整理地上的狼藉,自己的失控把这一桌酒菜都炸掉了,他的尴尬和难堪在这一刻涌上喉咙,打出一个巨大的嗝,他终于把话表达清楚了:"抱歉,老同学,我这个不是醉酒,而是有病……医生称为间歇式缺氧,今天见了老同学,兴奋了,忘了自己不能喝酒。"

在座的估计也没有哪个同学听懂了吴久亮所说的专业术语——间歇式缺氧,他们只是一致认可吴久亮对老同学的情意深,酒量不好酒风好,真正的不醉不归。所有的同学都来安慰吴久亮,裙子被吴久亮弄脏的美女同桌还去给他拿了热毛巾洗脸,很是体贴。吴久亮记起一个重要的问题,他问美女同桌:"不好意思,我刚刚休克了多久?""好像有4分钟,刚开始大家都觉得你在演戏,这个醉演得可真夸张,可是看看你的眼球都翻白了,我们这才觉得不对,差点要打120,你要不要去医院看看?"

吴久亮问过医生也查过百度,脑部缺氧达4分钟,脑细胞就已经开始受到损害了,超过6分钟会造成不可逆损伤,超过8分钟会出现脑死亡。还好,我在4分钟回来了。吴久亮仔细回溯了之前的许多细节,确认自己的记忆没有损失,他才安心了,请同学去唱歌,也算补偿一下刚刚造成的惊吓。

吴久亮回去了,回到了过去那个滴酒不沾的吴久亮。妻子惊闻了同学会上的意外,也终于明白吴久亮的喝酒是有生命危险的。事不过三,已经是第三次发作了。这一次侥幸是4分钟，之后也许不会再有侥幸了。当然，妻子没有少数落吴久亮的好色，如果不是那位美女同桌，吴久亮不会多喝那三杯，如果不是美女的蛊惑，吴久亮不至于连厕所都还没去，就已经呼吸紧促，心跳加速，导致脑部缺氧了。妻子要求吴久亮必须得老老实实承认那一晚的醉酒不仅仅是因为老毛病脑部缺氧回来找他，还有内心的旧情复燃，借酒生发，洪水猛兽也来找他，对不对？必须好好反省！

吴久亮无言以对，他手里从此应该不会再有任何一张酒票，即使他想喝，也不会有人敢放他喝酒，谁也不敢担这个责任，毕竟吴久亮的喝酒是有生命危险的，这个隐患基本上是众人皆知了。

求生

一

如果有后悔药可以买，一定会有很多人不惜重金，甚至倾其所有去得到。

死刑犯伍道被核准死刑的裁定书刚刚下发，死刑会在七天之内执行，家人被告知去看守所和伍道见最后一面。

伍道没有杀人，他只是替别人开了一趟该死的车，车里装了什么，伍道有过一瞬间的疑问，难道仅仅是运一车的面粉？但他的脑子一向没有那么复杂，在高速桥下被堵住，被荷枪实弹的武装警察包围的时候，伍道才像被雷电击中了，身体僵硬，失去了知觉。车里装的不全是面粉，还有一袋毒品，重量足以判他两次死刑。

父亲和姐姐没有放弃最后的努力，谢律师说还有一种百分之一的可能让法院枪下留人，那就是让毒贩证明伍道的不知情。留给伍道的时间是以秒计了。

伍道面对父亲和姐姐，只是傻笑，他想哭却哭不出来，眼前的他们好像是熟悉的陌生人。父亲伍全有轻声说："阿道，莫怕，我们还有希望。"

关押在省看守所的毒贩老黎一直缄默，他必死无疑，却还死不了，他还牵涉了另外几宗暂未查明的大案。伍道的律师在努力，他请求老黎的代理律师转告，那位为他开车的年轻人面临死刑，他是独子，还没有结婚，他只是以为在替人转运什么赃物而非毒品。

老黎面无表情，在东州，十五年前他就是那个头别在裤腰上行走江湖的亡命者，见过太多的非正常死亡，这次他的货没有顺利被运到锡县，只是大水缸漏水的一个小口，七年前为兄弟找回面子的那一起伤害案，随着去年的扫黑重新被警方追查，之后，老黎被带走，贸易公司涉黑被查封，这一回，他信了什么叫"不是不报时候未到"，眼下是时候到了。老黎必将数罪并罚，警方还要他坦白更多的东西，而对他来说，保持沉默也许是最好的，他可以死，但不能再殃及更多的弟兄。关于这位司机伍道，他没有多少印象，伍道只是一个小小的角色，出现在了不该出现的片场，第一次就栽了，一个人驾着一辆车，明知前方有设卡，还不知道弃车逃跑，实在不够聪明。

二

飞机的引擎坏了一个，仍可以靠另一个持续飞行，如果两个都坏了,那等待它的将是迫降。人的两个肾脏就像一架飞机的两个引擎。余恩的两个肾早都亮起了红灯,医生说只有换肾是最理想的办法,而来自亲属的肾源是最佳配型对象。亲属采血化验后,只有弟弟余忠与他的配型点位较高,点位越高,移植后排斥反应越小,肾脏越容易成活。余忠也曾同意给大哥移植一只肾,但是,弟媳妇后来忽然反悔了,如果余忠执意要做这个手术,那先和她离婚。妹妹余惠去做思想工作,弟媳妇没有转过弯来,余恩提出放弃祖宅的继承权,他那一份归余忠,弟媳妇更是光火了,"我家余忠不是卖肾的人!"弄到最后,连弟弟人都消失了,再不到医院里看他了,妹妹余惠递话过来:余忠不好意思再来见余恩,还请原谅。余恩不怪余忠,他会换位思考,换作今天生病的是余忠,捐肾的是他,自己也一定会有很大的犹豫,也可能会退缩。

医生表示遗憾,但他还留给余恩一个小希望——等待别的肾源,只要配型成功,立即通知手术。所有无奈做着血透,等待肾源的病人和家属都明白,这种等待度日如年,除了亲属,那希望只能依靠他人自愿捐献器官,最大的可能就是来自死刑犯。可近些年量刑谨慎,判处死缓的多,判处死刑立即执行的渐少,肾源还有配型的难度,使得很多重病人等不到肾源先行告别了这个世界。余恩曾经不止一次叹息:如果能有人工制造的肾脏替代该有多好。如果没有肾源,余恩想到过安乐死,与其承受这样无力而漫长的痛苦,不如长眠不醒。

就在极度绝望的时候,往往会有希望的萌发。

医生的好消息终于来了——病人余恩请在本周做好手术准备。据医生透露，这次真是出现了奇迹，这个肾源与余恩的配型点位甚至比余忠的还要强一点，几乎可以说是老天为余恩特备的。

余恩喜极而泣，他把脸埋在被子里，生怕一探出头来那个好消息就飘走了，不敢相信那是真实的：会有一个人来救我，这个人是谁？医生不会说他是谁，应该就是一名死刑犯。我的生必须得建立他的死上，他是自愿捐献器官的吗？他犯了什么罪？必须得死？不管他做了怎样的坏事，我都得好好感谢他，但是，我见不到他。等我术后出院，我带着他的肾回到生活中，他一定已经离开这个世界。我得去看望他的家人，他们会恨我仇视我吗？还是会希望见到我，因为他的肾还活着，在我的身体里。

三

狱警拿着几份表格文字让伍道签名，其中有一份自愿捐赠器官的协议，伍道看都没有看，只一一签名。狱警之后做了说明，伍道似乎听明白了，在他死后他的器官可以救助很多病人，这算他为别人做的贡献。他的内心没有起任何波澜，反正是死，死了后就什么也不存在了，他不在乎，也不怕。小时候，他死过一回，在那条溪里漂流的时候，他落下了水，如果不是幸好卡在一处石头缝里，他的遗体就只能到下游的江里去打捞了。自从那天被荷枪实弹的武警包围,如雷击之后的他脑子就不会思想了,他关在看守所里一直像一个木头人,也许在那天之后他就已经死了,现在的伍道只是行尸走肉,等着枪响后心脏和呼吸停止,至于器官会去向哪里,留给医生去操心,家属最终到手的只是一把灰。

儿子的性命在倒计时,父亲伍全有还在奔走。

伍全有不相信儿子会去贩毒,这个孽种偷鸡摸狗赌钱打架校园霸王他信,打小就有很多人指着伍全有数落:"你儿子哪里是无道,应该改名无法、无天,你这个全有,也总有一天全没有,啥都没有。"后来,这些像诅咒一样的话一一应验了,伍道初中辍学那一年伍全有的老婆肺癌死了;三年后,女儿订婚不久却被男方解约了,伍道去砸了男方的家,女儿如今三十出头了,在本地算是嫁不出去了,东州那么小,一早走在路上碰到三个人,抬头仔细看,会有两个人认识。

伍全有宁愿替儿子死,他要继续去喊冤,儿子只是被骗开了一辆该死的车,儿子是不知情的,他罪不该死,为了儿子活,他情愿把房子卖了,他找到了老黎的儿子小黎。

"求你爸爸救救我的儿子。"

"是你儿子害死了我爸爸!"

"我儿子只是你爸爸手下的一个小卒,他罪不该死。"

"我不是法官,我说了不算。"

"只要你爸爸开口说一句就好。"

"……………"

伍全有几乎控制不住要跪下的冲动，他兜里有一个拟好的协议书，如果小黎提出什么条件，他会拿自家的住房当抵押。

小黎没有提什么条件，只是冷漠地驱车离开了，留下伍全有在风中凌乱。

四

余恩给余忠打了电话，告诉他自己本周就要手术了，希望手术那天余忠能来。余忠满口答应，还有那个转不过弯的弟媳妇这一下也忽然羞愧难当了，陪着余忠带着孩子一起来看余恩。大家心照不宣，都不再提及原先余忠捐肾的尴尬，只说着美好的明天，术后恢复的安排，谋划着明年一起来一次家族欧洲之旅。

余恩内心有众多的欣喜，如果没有这个即将到来的肾，他的身体就会像悄悄漏水的水箱，直至漏尽最后一滴水；如果没有这个救命的肾，他的死也注定会让余家兄弟两家的关系僵死，可能从此老死不相往来，这个肾不仅仅是救命的，还是救家族的亲情的。他是那么感激那个他不会见面的被他看作恩人的人，那个人在别人眼中是个坏蛋，但在余恩心中他是一个好人。

这两天，余恩感觉自己找回了力量，这种力量更多是精神上的满足，有了希冀，有了心安，不再没入漫漫无边的彷徨和被迫伤及亲情的自怨自艾。他开始听歌，让儿子把蓝牙音箱带过来,放在窗台上,连上手机,播放他喜欢的克莱德曼的钢琴曲,《献给爱丽丝》《梦中的婚礼》《蓝色狂想曲》都是他年轻时常听的,还有那一首《命运》,当年听着铿锵沉重,觉得不够唯美,基本选择跳过,如今病中听来却是非常给力。我曾经无望,想过放弃甚至想过安乐死,我得抓住最后一点希望,像贝多芬一样扼住命运的咽喉,它绝不能完全把我压倒。

同样在等待肾源的病友都说余恩的运气好,异体的肾源配型点位居然还这么高,上帝在眷顾,好人有好报,病友的家属纷纷来祝贺,他们羡慕余恩的得救,更期待好运也能传染和分享。找回了力量的余恩这时候能做的更多是去安慰那些原先与他一样深陷无望中的病友,曾经他比他们更颓唐更绝望,如今余恩就像一位上帝派来的使者,反复告诉苦难中的那些病友:再坚持一下下,黑暗中会有一束光照亮你的头顶。

五

伍道的律师获得了与老黎对话的机会,他要去努力捕获伍道存活的最后一线生机。

老黎还是那个一概与己无关的样子,他不会在律师准备的任何声明书上签字,他也懒得看上面书写的内容。

"黎先生,这个证明真的很重要,我们没有误导你说谎话,我们只是期待你做一个证明,证明伍道只是受雇为你们贸易公司开车,你们之间有口头雇佣的关系,而他对所运物品并不知情。"

这段话让老黎的耳朵快听出老茧了。他的内心划过一根火柴,刚刚冒起一点温暖的火苗,微弱的火光立即熄灭了,重新恢复无际的黑暗。

伍道的死也许可以为我先探探路,我没有亏待他,跑一趟长途,一万元的报酬,就算是个傻子也该知道车里运的是什么。老黎审视着谢律师那焦灼的眼神。这位谢律师他再熟悉不过,三年前,他曾经代理过小黎的一件案子,那一次小黎和女友的前男友动了粗,把对方的腿打断了,小黎声明是正当防卫,女友提供了事先被侵犯的证据。老黎心里记得谢律师的好,但此刻,他却坚硬得像一块铁板,他对任何人任何事物都表示刻意的抗拒,万念俱灰时,他既不想去承认什么也不想去否认什么,任其逝水远去吧。

老黎终于说了一句话:"你就当我已经死了。"

"你可以是死了的,可是那个年轻人不该陪着你死!"

谢律师在离开之前,提了一个可能会令老黎有触动的事情,他轻声提醒:"黎先生,如果有人对三年前的那个案子提请复议,小黎女友所做被侵犯的证据失实,您乐意接受吗?"

六

余恩的手术将在明天上午十点举行,医生已经提前二十四小时为他做了术前的最后一次血透,患者的身体内环境比较稳定，符合手术要求。余恩这一夜有许多紧张和不安，医生告诫好好休息的，他竟然是睡睡醒醒半失眠的，毕竟要面对一次肾移植的大手术。

医生描述过这个手术，他的身体在出生四十六年之后将首度被打开，一只陌生的年轻的肾会进入，连接到他的老肾边上，缓缓启动，逐步代替那两只渐趋停工的老肾，待安全度过最初的排逆期，他就可以出院开始恢复性的生活，只需要定时服用抗排斥反应药。

当然，余恩的紧张和不安更来自对那个为他提供肾源的年轻生命的惋惜，那个生命明天上午就要结束，那个身体在停止心跳的同时也要立即被打开，他的眼角膜会帮到两只失明的眼睛，他的肝脏会给另一个人，他的另一只肾也会给到别的和我一样的人……这个年轻健壮的生命的离开会挽救许多垂危的生命，他用自己的死给到了他人生的希望，这也许是他的一种自我救赎，他这样子应该可以进天堂的，余恩为这个陌生的好人默默做着祷告。

天亮的时候，余恩反而累坏了，他感觉胸口有一点压抑，那是一种深深的负疚感在压抑着，他甚至有几分恍惚——如果我放弃手术，可以让那个年轻的死囚犯免去一死，那我愿意让他活下去。他犯了什么不可饶恕的大错，非得治个死罪？也许，我该见一见他，当面向他说一声谢谢，给他一个拥抱。当他的肾开始为我的生命工作之后，他的生命意识他的生命密码会不会存在我的身体里，在某一天忽然显现出来？

早上九点四十分,余恩恍惚间期待的事情发生了,医生突然接到指示,这个死刑犯的死刑被临时叫停了,即将开始的手术取消。

七

伍道最后的晚餐是他爱吃的鸡蛋拌面,在二十四岁生命的最后一夜他做了一个奇怪的梦,梦里头他见到了妈妈,离开他十一年的妈妈在梦里十分亲切,喊着他的小名,捧着他小时候最爱吃的瘦肉丸,带着他记忆里少有的柔和的笑。妈妈说着话呢,他听得很清晰。

"跑跑啊,妈妈对不起你啊,你小时候,妈妈和爸爸常常打架,当着你的面,是不是吓到你了?"

"跑跑啊,妈妈打你是为你好啊,你捣蛋,你记得吗?你把小便拉到玉良伯伯的鱼缸里,你把菱婶家的狗剪了尾巴,你在你姐姐的胸罩里放了死蜘蛛……"

"跑跑啊,不要怪你爸爸凶狠,他心里有很多苦啊,下岗后他一直摸不到赚钱的门道,和战友一块做生意,还被骗了个一干二净,妈妈的病就是那时候气出来的。"

"跑跑啊,妈妈不在,姐姐就像妈妈一样,她身体先天不足,体弱多病,你要多多照顾她。"

"跑跑啊,听说你明天要来找我,你千万别来,妈妈在这边都挺好,你还没成家,你还要有个娃,我就等着该死的伍全有先来寻我……"

天蒙蒙亮时，值班狱警听见伍道尖利地喊了一声："妈——"他是从一个深梦里醒来，这个温暖的梦似乎把他脑子里的短路接通了，伍道清醒了过来——今天是他生命的最后一天，忽然，泪水无法自控地喷涌出来，伍道嘴里反复嘟囔着一句话，狱警听得分明——"我不想死，我不想死……"狱警摇摇头，脸上写着无奈和同情。

一份小粥两片面包，简单的早餐。伍道吃得一点不剩，他觉得自己这个早晨很饿很饿，如果给他十份汉堡，他都能一一装进肚子里，他更期待就这样吃着吃下去，一直没有人来打扰他，没有人来喊停，没有人来带走他，他喜欢待在这个封闭的单间里，在寂静里还能听见自己的呼吸和心跳。

早上八点五十五分，有狱警过来开门了，他们不是来带走伍道，前往刑场。他们只是来通知伍道："由于一份最新的录音证据，死刑犯伍道的死刑延期执行，等待最高院的复核。"

八

这完全是一个意外，手术在麻醉的前一刻被叫停了，余恩在最后一刻失去了梦寐以求的肾源，据医生透露的消息是那个死刑犯的律师紧急递交了一份录音证据给最高院，最高院枪下留人了，不过，医生宽慰余恩："再耐心等几天，待下周复审下来，一般死刑犯不会错判，你还有希望。"

他如果活着，我就没救了，可他如果罪不至死，他有权利活下去，这个没有执行的手术日，余恩太难忘了，心绪像坐了一趟过山车，被高高扬起又被狠狠甩下。好在他这时候表现出的态度不是原先翘首等待肾源时的煎熬与绝望，他似乎是很快以一种左右皆可、从容平静的心境去接纳了这个意外和事实。

来等待余恩手术的亲属纷纷表示了愤慨，他们有被忽悠的难受，更有替余恩当下的身体状况的忧心，余恩还能坚持多久？余恩看见余忠脸上挂着一个很尴尬的薄薄的笑，好像那个笑会在下一秒破了，立即变作一个哭，很难看的哭。余忠想说什么，余恩用无力的两个手指挥了挥，两人面对面，回到无语。

余恩昨日攒足了的力气在今天全都跑走了，他虚弱到呼吸都困难，但他脑子的思想还是很清晰的，有一个声音在提醒他：要为那个死刑犯祝福，让健康的年轻的他活下去，那是一件好事情。他的身边一定也有很多要救他的亲人和朋友，就像我一样。我的病是我的命运，该我经历的死亡我不逃避也不惧怕。

有健康，活下去是一件多么好的事情，余恩一直在心里默念着。

糖糖和蔡蔡

一

祷告：上帝啊，请赐给我一个孩子吧，哪怕是个残疾的孩子我也愿意。

结婚十年，蔡致中和单婧还是没有孩子。

第一年有过一次意外的怀孕，当时因为各种不合适——婚房尚在装修、单婧刚刚入职新单位、第二年的婚礼上是否就当众抱出爱情的结晶？……所以再三权衡还是放弃了。之后的九年，他们无论怎么努力都未能怀上孩子，有嘴碎的亲戚说他们被天谴、被诅咒，遭了第一个孩子的报复；有虔诚的教友说是他们违反了教义，需要彻底的忏悔与赎罪。

如果留住那个孩子，蔡致中和单婧会和许多普通的三口之家一样，过平凡的小日子，上班下班，买奶粉换尿布，哄孩子睡着，两口子忙里偷闲，睡前一起追一部热剧，周末带孩子和老人聚餐，朋友圈里晒各自娃娃萌照，等孩子长大了再带他

（她）去教堂参加主日学……然而这一切只是如果，他们的日子简单到只有回家洗澡睡觉，没有孩子，家里的厨房甚至都不需要开伙，两个人在快餐店办了卡。有为养娃忙到七窍生烟的同事羡慕蔡致中的清闲，蔡致中报以苦笑，城里的人怎能理解城外人的凄苦？

两人的婚姻也似乎走到了离婚的边缘。妹妹的二胎已经降生，第九年，妈妈终没能等到他孩子的到来，抑郁成疾带憾西去。医生说他们俩都没有毛病，再试一试，可是做爱渐渐没有了快乐，像肩负艰巨的造人任务，期待某一次试验的终极成功，又很像充满期待地刮一张又一张彩票，很努力地刮，最终都是无望的"谢谢惠顾"。

医生将他们不孕不育的原因归结为精神压力，这种压力导致精子的成活率超低，别说找到目标靶心，这些士兵几乎是还没有上跑道，就已经在储备营里自行衰亡了，而女方也可能因为某种紧张导致排卵的异常，经期紊乱，单纯药物解决不了，需要心理上的疏导，同房时务必要把生孩子的目标任务忘掉，将夫妻生活纯粹看作一次荷尔蒙飙升后的冲动。这一点看似简单的要求，他们两位都做不到。

蔡致中曾经想过领养一个孩子，这个孩子他也见过，老家柳河表妹的孩子。二胎政策放开之前，村里有个旧俗，女孩订婚后都要先生一个，如果第一胎是儿子，那是皆大欢喜奉子成婚，如果第一胎是女儿，先把孩子藏起来，结婚后再生"第一胎"，这样就多了一次生儿子的机会。表妹这个第一胎是儿子,却没有等到结婚,两个年轻人就散了,因为男方家里的业忽然败了,表妹的父母坚决要求退婚,不愿表妹一嫁过去就承担巨额债务。

这个孩子很漂亮健康,单婧抱着很喜欢,晶亮晶亮的眸子,让她的心都化了。他却犹豫再三。二姨求他:"这个孩子给你们养最合适,你们是城里有文化的人,帮帮这个可怜的孩子。"喜欢这个孩子吗?蔡致中只是急切地需要把家里的缺补上,把很多人的嘴巴封上,把那些异样的目光挡回去,但孩子不是一个玩偶,他是一个会长大的人,他会与你发生很多联结,喊你爸爸妈妈,让你抱,在你怀里哭,在你面前笑,调皮捣蛋或者害羞内向,聪明好学或者愚笨多病,让你操心,甚至生气,给你展示长大的过程与细节。你一旦与他建立了情感上的纽带,他也许会成为你终生的牵挂,如果是不知出处的孩子还好,从亲戚家领养的孩子,你含辛茹苦把孩子养大,对方却随时会有收回的可能,到时候,你那份积累很深的情感到何处安放?

最终,他们从老家回来的时候还是两个人,他没能帮到那个可怜的表妹,他从表妹的目光深处读出了不舍,那是她孕育的骨肉。亲戚的孩子带回城里最终还是要还给她的,时间会改变现状,但血脉亲情切割不断,未来表妹一定会来找回自己的儿子,就算不来,孩子也许也会自己跑回去。

二

单婧遇见过另一个孩子,寄养在老同学文慧家里的,老同学说女孩是她远在意大利亲戚家的孩子,亲戚家在西西里出了车祸,孩子就拜托给她了,这个三岁小女孩很乖很干净,安静地坐着,听着大人说话,好像能听懂一样。她悄悄和老同学提过能否把小女孩过继给她,老同学不置可否地微笑,说是以后让孩子叫她干妈。

单婧心里就活动开了:这个没有双亲的孤儿文慧也不会带太久吧,毕竟文慧家里已经有一个上幼儿园的儿子了,孩子大了照顾不过来,文慧工作也忙,经常出差国外。单婧就想约文慧很正式地谈谈领养的事宜,还准备了礼物要送过去,和小女孩好好认识一下。但是,文慧总是再三推辞,要么说马上要出差,要么说孩子在自己老家外婆带着。文慧明显是不乐意,单婧也就不能一厢情愿了。她想到也许这个小女孩就是文慧自己的孩子,只是怕违反计生政策要出一笔巨额罚款,才故意说成的领养吧,感觉越看越像文慧,没错,就是文慧的女儿,她不愿意承认而已。

女孩子八岁的时候,有一天单婧与她在医院的诊室遇见了,女孩子当然不认识她,单婧却能一眼认出她来,她长大了,那么像她的老同学文慧,她听见小女孩在给一个大人打电话:"姑姑,我的盐水快挂好了,你赶紧来接我。"她忍不住问孩子:"文慧是你的姑姑?"她看见孩子诧异和警惕的眼神。

这个孩子的出处真相大白了，单婧在心底暗暗说：这是一个藏起来的孩子。不久，她却听说文慧在市政府工作的哥哥提拔公示时被举报超生而最终被迫辞职。她明白了文慧曾经的艰难，那个无奈的谎言与这个孩子的生存不易，文慧好像也因此与她生分了，因为单婧是窥探了秘密的人之一。

第十年，蔡致中与单婧商量：要不我们就丁克吧，就与众不同吧。他们都认识的一位美术老师，两夫妻住在郊外自己改造的农舍里，家里有一面书墙，有一间咖啡吧，有一个观影室，就是没有儿童房。他们没有中年困局，绘画、弹琴、会友、种瓜、喝茶无不自在，约好不要孩子，养了一只英国短毛猫，两人经常说走就走，云游四方。

她私下里冒昧问过美术老师："老师，你们真的不要孩子？"

老师没有丝毫意外或者不适，"很多人问过这个问题，你们都很好奇吧，我们可以生，但是我们做了这个决定，坚持了很多年，很难呐。"

老师真的很难，后来听说他们夫妻离婚了。不过，这个消息应该是个真实的谎言，因为他们还像原来一样住在一起，还是一样惬意。单婧猜想，也许是太被关注了，老师两口子累了，找了个离婚的借口，婚都离了，热心人也就不再关心生的问题了。单婧曾经冲动地想问老师：你们是不是没有真的离婚？

他们由此也想到了离婚。"我们也离婚吧，离了也就像老师一样躲开很多质疑与追问了，离婚了我们还住在一起。"蔡致中说,"等怀了孩子我们再复婚。"她一拳打过去,正中他的下巴,深深地痛,"你是假戏真做,巴不得找个新的吧!"他们不会离婚的,即便他的妈妈在第七年曾经很严肃地说到边上过,他们假装没有听懂。

第十一年开始了,他们依旧没有孩子,没错,他们都快老了,他们拥抱着,听见了楼上婴儿的哭声,那个他们结婚时还在读高中的女孩子也做了妈妈了。亲戚里的一位小姨劝他们去做个试管婴儿,据说很多龙凤胎都是这样做出来的,干脆十年不生,一生就生俩。蔡致中和单婧想过N次,他们的宝物被取出体外,在某个仪器中混合,培养,而后来挑选,决定留下几个,再把这几个送回子宫里去孕育。蔡致中局里有一位二婚的领导,前妻生的孩子都快大学毕业了,自己早没有生的欲望,但是年轻二十岁的新老婆执拗要生,试管婴儿培植了三个最好的胚胎,医生让他来选取一个,放弃其余两个。在生死攸关面前,原本一个都不要的他,居然父爱大发,他的决定是一个都不能放弃!后来他成了三胞胎的老爸爸,同事们祝贺不止,留给他的是一地尿不湿,下半生为这三个娃奋斗终身,痛并快乐着吧。蔡致中问单婧:"如果那样,你会留下几个?"单婧斩钉截铁地说:"我也都要。"试管婴儿,他们并没有付诸行动,心理上接受不了这种人工制造。

三

蔡致中过年的时候给单婧抱来一条小狗，他说："我们先试着把小狗养好，等自家的狗狗能生了，也许我们也能生了。"这是什么理论？单婧想笑，却是要哭。小狗倒是可爱，她在客厅给拾掇出一个地方，放置狗笼，准备狗粮和玩具，两口之家终于有了第三口。现在两个人下班总有一位要急急地往回赶了，怕狗狗憋不住，把狗窝给尿湿了。傍晚，得有一位牵着下去遛遛，不然，担心狗狗孤独，时间长了也会得抑郁症的，周末还得有一位送它去洗澡美容，剪个毛，剪个指甲……好玩吗？单婧说还行，反正闲着。蔡致中有点不乐意了，单婧在家里给到糖糖的时间太多了。他们的狗狗叫糖糖。

以前，两人世界是那么简单明了，蔡致中与单婧在快餐店晚餐回来后基本上是把衣服装入洗衣机、打开地宝，读书、听音乐、追剧。偶尔蔡致中会被同学约出去喝杯小酒，以前医生告诫他为了确保成功率必须远离酒精，后来，蔡致中不相信了，坚持不了了，还是借小酒浇个愁吧，说点开心的。单婧每周两次会去一个跳舞班找找感觉出出汗，同学创办的，很多都是生育后来恢复身材的，刚开始单婧还有些尴尬，会有很多舞友问："你的孩子多大啦？"她只好老实说自己还没有，习惯了就好，很多舞友开始羡慕单婧，无牵无挂，潇洒幸福，也有热心的舞友给单婧传授受孕经验，单婧听着就像如何给自家的糖糖在合适的时候配上种。

一条狗让两个人的关系出现了一点变化,尤其在糖糖怀上了狗胎之后。单婧几乎像自己怀了孩子一样兴奋,而蔡致中开始却有些不爽,单婧十年努力都不见动静,一条小母狗出去自由活动了半天,回来不久就有了,这也太简单了,给它配种的是什么狗?是四楼的那条拉布拉多?还是隔壁栋的那条二哈?但愿不要生出什么四不像的怪胎来。蔡致中原来甚至以为是自己的这个新房风水不佳,不利于生育,而糖糖却很快破除了这个迷信,糖糖安然生下了四条纯种小狗,两黑两白,两公两母,很是整齐漂亮,足见糖糖对老公的选择有多么聪明。蔡家的狗狗生了,单婧发了朋友圈,引得好多亲朋好友关注,上门预约电话预约小狗的人很多,单婧推说等狗狗满月再送。蔡致中给小狗狗分别取名为花蔡、芹蔡、菠蔡和泡蔡,反正都姓蔡,外人一般分不清哪个蔡,只有他们俩自己能够区分。这一个月,两个人五条狗,蔡致中家里从来没有这么热闹过,五条狗他想拍张合照却两手抱不过来,单婧的朋友圈满屏都是黑的白的小生命,还有满屏的点赞。待到满月,单婧和蔡致中商量:"哪一条先送掉?"蔡致中环顾全体,糖糖充满母性的光辉,小狗狗无邪的眸子,他沉默半天,嘴里吼出一句:"都不送!"

蔡家的狗出名了,四条凭空冒出来的新的生命,为蔡致中和单婧补上了缺,他们心中不再惦念着啥时候能怀上孩子,他们忙乎着他们的小蔡蔡们,乐此不疲。他们买了一个婴儿车,糖糖和四条小狗一块儿推出来,在公园里遛弯,那种回头率让人有满满的得意。孩子们围观尾随,很多手机抢拍发朋友圈,蔡致中和单婧快成了名人，他们推着狗狗婴儿车的照片上了晚报的图片版，连单位的领导也关注了，领导打趣蔡致中："你要么不生，一生就生四胞胎啊！"蔡致中满脸堆笑，现在他偶尔可以以照看狗狗、狗狗生病的借口提前下班，领导会想起来："哦，你家有很多娃，赶紧回去吧。"单婧成了幸福的女生，因为狗狗的环抱，她的朋友圈有最养眼的温暖，多少闺蜜多少同学羡慕嫉妒难说不恨，她也许是当下拥有狗狗最多的已婚女生。

生活有时候却会和你开一个玩笑，在你完全失去戒备的时候。以为日子一切的变化都会围绕狗狗成长，蔡致中与单婧竟然在毫无思想准备中刮出了大奖——单婧有了！这种感觉像什么？就像在梦里无数次想遇见的那个女孩，常常念之而不得，等到神疲远离模糊淡忘之际，忽然有一天，她就生生坐在你面前，你都可以触摸到她呼吸里的温度，这太不真实了，蔡致中听到医生的祝贺声，没有什么惊喜，似乎他曾经的惊喜都给了小蔡蔡们。不过，他记得他和单婧说过的一件重要的事情：等自家的狗狗生了，也许我们也就能生了！天哪，这难道就是上帝给到我们的暗示？

四

单婧的爱在一夜之间转了方向，她放慢了所有的脚步，像身体里藏了一个很深的秘密，她不敢把这个好消息告诉任何人，除了自己的母亲，她怕一说出去，这个秘密就会像脱手的风筝，她会眼睁睁看着它远走高飞，再不属于她，她得小心呵护着。还有比较麻烦的事情，她不能再和狗狗亲近了。医生提醒，孕妇家里最好不要有宠物。糖糖和小蔡蔡们得离开，这是多么矛盾的事情。两人在心中祷告："上帝啊，感谢赐给我一个孩子，但愿是一个健全的孩子，等孩子出生，我们一定会把糖糖和小蔡蔡都接回来。"

蔡致中和单婧的祷告上帝听见了，狗狗很快安顿好了，糖糖寄养在舅妈家里，花蔡让邻居小雅领养了，芹蔡托给一位中年爱狗同事，菠蔡和泡蔡让蔡致中的老同学带走，他是开宠物店的，他说会给它们找到最好的主人家。单婧的家里又恢复了之前的安静，他们静待孩子的出生。

第十一年最后的一周，蔡致中和单婧的孩子终于出生了。感谢上帝，一切顺利，而且还是一个预料之中的惊喜——孕检时已经知道，是一对双胞胎，真的是不生则已，一生就俩——两个健康的女儿。这个惊喜蔡致中和单婧都觉得是上帝的旨意，是糖糖和小蔡蔡们带来的。单婧的父母住到了家里，帮着照看孩子，两个孩子比四条小狗要难养许多，蔡致中和单婧在满满的喜悦之后是忙虚脱了，一个女儿哭泣会带动另一个女儿哭，一个女儿感冒会传染给另一个，幸福是加倍的，辛苦也是双份的。

那个接狗狗回来的承诺如何去兑现？这成了新的苦恼，单婧父母坚决反对，单婧也开始犹豫了，蔡致中却觉得不能食言,他试图去说服老人和老婆,可是看到女儿给老人家带去的忙与累,他也迟疑了。家里还不乱吗?哪里容得下狗狗?孩子这么小,能与狗狗和谐相处吗?谁来带狗狗出去?原先遛狗的婴儿车已经丢在了公共楼道的楼梯下,在那个黑暗潮湿的角落,估计成了蜘蛛的窝。

单婧说:"等孩子上幼儿园后,好吗?那时候,孩子也懂得和狗狗交流了,我们再把狗狗接回来。"

"只是到那个时候,糖糖与小蔡蔡们还能找到吗?它们等不及我们的孩子长大,它们都成了老狗了。"

"会有很多小狗的,我们再把它们的小狗接回来,好吗?"

……………

只能这样了,但愿上帝能够原谅我们。蔡致中与单婧建了一个微信群——糖糖群,群成员是全体领养狗狗的朋友,蔡致中与单婧会在群里给大家发感恩红包,会在群里关注狗狗的成长近况,恳求发图与小视频欣赏。可惜,这样"大团圆"的日子没有维持多久,先是菠蔡和泡蔡被杭州的一个买主带走了,买主不愿意公开身份,当然更不愿意入这个群,它们的消息就此断了,留在群里的最后视频是它们装在笼子里上了一辆凯迪拉克凯雷德,只能祈愿它们开启在省城的贵族生活。坏消息接踵而至,花蔡离开了这个世界,它被传染得了狗瘟,医治无效,蔡致中赶到宠物医院送别,他哭得稀里哗啦,他们为花蔡在罗山上做了一个小坟,种上了一株杜鹃花。芹蔡走丢了,在公园的一个雨后的傍晚,它追着另一条狗,跑出去很远,却最终难以找回,看着同事发在朋友圈里的寻狗启事,单婧安慰蔡致中:生命哪有不别离,孩子长大了也要与我们别离的,她们会嫁人,在别的城市工作甚至遥远的外国生活,远走高飞,我们会在这里为她们祈祷,在等待她们归来相聚的日子里慢慢老去。

他们等着寄养在舅妈家的糖糖未来再给他们生小狗。蔡致中和单婧偶尔会去看看糖糖,糖糖有点抑郁的老去的样子,见到他们也似乎爱理不理,难道它也会想念自己的孩子,记恨蔡致中与单婧?糖糖,对不起,你的孩子都找不到了。糖糖只是条狗,狗应该不会记住自己有过哪几个孩子,它只是被圈养了,一根狗链子长久拴着它的孤独。舅妈不会让它出去,再冒出一窝小狗,谁来养?糖糖不会再有孩子了,在回家之前。

蔡致中和单婧一人抱着一个宝宝,双胞胎女儿小名一个叫糖糖,一个叫蔡蔡。

旧花盆

丁师母在找一个旧花盆。陶土盆，中等大小，曾经用来种丁香花，花死了，改种喇叭花，紫色的，开过几朵，夏季去莫干山旅游回来，都枯死了，后来花盆就废弃了，里头尽是些野草，移到洗衣机的背后，她以为藏得很好了，还是莫名不见了，真是怕什么来什么，她就不放心这个花盆。

丁师母许多年前其实是王师母，老丁是她的第二任丈夫，他们各有自己的孩子，老丁一个女儿，她自己一儿一女，如果不是那一场意外，她和老王今天会很幸福地成为爷爷奶奶与外公外婆，但遗憾的是老王没有从手术台上醒过来。老王离开三年后别人给她介绍了老丁，老丁从粮食局退休，除了早年离过婚，爱打个小麻将，没啥别的毛病，身体不错，关键是还有房子。王师母的房子给儿子结婚用了，她得赶紧找个伴，重要的是找个住处，不能老挤在女儿家里。于是，王师母就成了丁师母。刚办了结婚证住过来那会儿，邻居遇见喊丁师母，她还有点不适应有些尴尬，听着似乎是在喊另一个人，她得愣一下，把脑子里某个频道赶紧调过来,才能做出一个答应:"嗨,你好。"慢慢地,半年过去了,她终于在心里把自己确认为丁师母了。

丁师母的女儿儿子从来没有来丁家看过妈妈,有事情或者与孙子孙女聚都是约妈妈出来。逢年过节,两家人也没有聚在一起吃个饭,虽然办了证,好像彼此不认可似的。老丁的女儿来了顶多叫声阿姨,丁师母也不介意,毕竟自己的孩子对老丁也是敬而远之,能避则避,而且婚前老丁和她有个协议,老丁百年后丁师母接着住这个房子,丁师母百年后房子所有权归老丁女儿继承,王家子女不可觊觎。老丁说丑话说在前头好,以后不给孩子们制造矛盾。丁师母淡淡一笑:"我懂。"

找花盆的事情,丁师母没有告诉老丁,她想自己把它找回来,这个花盆是她从王家带过来的。有一年过年前,她和老王去花鸟市场,她喜欢丁香花,就买了两株装了一盆,应该就是这个陶土盆,盆壁上有个疤,样子像老王背上的那个棕黑色胎记,她记得很清晰。把这个盆带过来,不是说自己还对老王有多少念想,而是对旧物、对老盆有感情,觉着让这老盆过来陪着自己在这个新家,有多一分的安全感。可惜,这个老盆里的花相继都种死了,只剩下一个空盆。她怪老丁不珍惜她的花,又或许真的如儿子说的丁家的风水不佳,总之,有点伤心。

丁师母家在三楼,住在底下一楼的是陈家,老陈从商业局退休,陈师母曾经是小学数学老师。老陈爱种花,一楼的阳台打开一个口，和小区的花坛连成一片，就是花圃了。老陈尤其爱种茶花，听陈师母回忆，当年东州炒作茶花的那个架势，可不得了，老陈一个月工资也就三十六元，他舍得拿六元钱买两片叶子的墨茶小苗，而且还是每月每月地买，还说保值有钱赚，后来最高炒到两片叶子二十元钱，老陈愣是没有出手，据说真正的收藏家都是舍不得出货的。等到流行过去，茶花价格一泻千里，整株丢在路边都没人搭理，老陈就有了一个小茶花园。只是陈师母心疼到发狂，有拿大剪刀把老陈的茶花通通剪掉的冲动。

老陈退休后，他就把阳台打开口子，将自己摆不下的花陆续移到花坛上去，起初还有个别邻居有意见，说老陈占了公共绿地，却也有邻居表扬老陈的花点缀了花坛，平时小区物业基本属于无为而治，花坛有草无花，亏得有老陈侍花弄草，这里有了生机。时间长了，老陈的花圃成了这个旧小区的一景，大人会牵着孩子的手过来认识花花，嗅花的香香，看花上飞舞的小蜜蜂，给孩子与花朵儿拍张合影，好多人夸老陈的茶花漂亮，这又让陈师母很受用。

老陈家遇见一件奇事，那一天傍晚，楼上的老丁下来丢垃圾，顺手抱着一个空花盆下来，经过老陈的花圃，老陈正猫着腰看花，老丁说是自家无用的一个老花盆，放着碍手碍脚，自己又不会种花，老陈如果需要就给老陈用了。老陈看那个陶土盆，样子比较古朴，盆壁上有个明显的疤，像是一个很独特的符号，喜欢，就收下了，而且那盆里还有半盆的泥土。

老陈将收下的花盆随手搁在花圃里,过了许多天才记起它,他想:我得种点什么。他把它留着的土松了,倒出来,准备把墙角极耐养的两株海芋移栽进去,却被土里冒出来的东西吓到了,那是一个封得很细心的塑料袋,把泥土抖干净,把袋子解开,里面的东西更是惊到了老陈,里头都是金银首饰,有金链子,有银手镯,还有一块玉,这是怎么回事?老丁把一个藏着金银的花盆丢弃了?他一定是老糊涂了。老陈知道老丁离婚多年,以前那个老婆可凶了,吵架时,常常听到楼上有玻璃器皿砸到地上破碎的声音,有一回,还从楼上丢下一个高压锅的盖子,像一个炸弹,把老陈的两株茶花都打坏了,老陈憋着气,没有上去与老丁理论,丁师母可是本楼有名的泼妇,对老公都可以破口骂三代。幸好,这个泼妇终于离开了,主动和老丁离了。那么,这些金银会不会是老丁藏在花盆里的?离婚时他怕家里值钱的都被那个泼妇带走了,所以留了一手。那又怎么忘了?老丁不至于有了新的丁师母,就把这么重要的收藏给忘了吧?奇了怪了。

老陈和陈师母一一检阅了一番这些金银首饰,应该不是赝品,那么贵重的东西却种在花盆里,不会是老丁中邪了吧,要在花盆里种金子?也许是上一任丁师母藏的,离婚时吵晕了头忘了带走,老丁压根不知道;也有可能是新一任丁师母的小秘密,她不善言语,甚至比较害羞,她原先是个怎么样的人,也显得很神秘。陈师母与老陈说这个事情麻烦了,要是东西送回去,是上一任丁师母藏的还好,反正离了;如果是新一任丁师母藏的,那就可能引发新的地震,搞不好又会闹离婚。那怎么办?老陈说:"干脆先留着,等他们谁想起来总会来讨要,要是无人认领就当我收的赔偿金,谁让当年丁家的高压锅锅盖打了我最贵的茶花。"

丁师母到楼下也找过了,她怀疑是哪一天老丁好心把花盆拿出来淋雨忘了收回,夜里风大或者有野猫路过,将花盆打下去了。这个花盆如果掉下去,没有砸到人已属万幸,但肯定是摔碎了,那么里头的东西一定也被人捡走了,天上落下个聚宝盆!她很后悔,自己怎么就这么傻,把这些年积蓄的金银首饰都藏在了这个陶土花盆里,也不怕它丢了,当时还在心里夸自己怎么那么聪明。这些金银首饰无论放女儿处还是儿子家她都不放心,还不到分给他们的时候,也不想让他们见过了惦念这些东西;老丁家里的柜子她更不安心,他那个打麻将的臭习惯是改不了了,虽口口声声说是小麻将,一个晚上下来输赢也都在两三百之间,万一哪一天输大了,将这些金银变成现钱,那就真的不见了。可是,藏得那么好那么深的这些宝贝到底去了哪里?难道老丁早已经发现了,东西自己悄悄收了,把花盆丢了?

老丁这几天看着也怪,老说自己不回来吃晚饭了,在麻将友家吃个便饭,有时候还跑去女儿家陪孙女半天,以前好像没这个积极性,会不会是得了金银在外面忙着请客,甚至在用这笔横财投资什么项目?他有个老战友经常给他洗脑,要他一起投一个什么币,丁师母也听不懂。她自己只能干着急,又不能跟女儿儿子说这个事情，直接问老丁有没有拿花盆里的东西，那又太尴尬，两人会不会因此红了脸，吵一顿，而后老丁可能会把东西从哪里一股脑掏出来甩在她面前，吼一声："没见过你这么不信任的，原来留了这么一手！"她害怕，听邻居说老丁和前妻在家里吵架时经常摔东西的。

老丁今天手气不错，赢了小二百，哼着一支老歌："有时候我觉得我是一只小小鸟，想要飞却怎么也飞不高……"心情不错，丁师母也就敢问一句："老丁，那个，我从老家带来的花盆，你有见到放哪里吗？""哪个花盆？""陶土的，原先种过丁香和喇叭花的，放在洗衣机后面的。""哦，我丢了，挺占地方的，反正好久没种什么了。""啊，你丢哪啦？"丁师母瞬间头晕气喘，感觉自己的血压要上来了，她勉强装作镇定，问丢在哪里，啥时候。老丁回想起来："想起来了，有近一个月了，丢一楼，给老陈种花啦。"老丁话音刚落，就看见老婆飞一样地冲出去了……定是去找那个花盆，他摇摇头，这个怪女人，太恋旧，连个旧花盆也舍不得丢？

老陈家碰巧没人，丁师母敲了门又害怕了，幸好没人在家，因为都快一个月了，老陈没有发现花盆里的秘密还好说；如果老陈发现了，却把东西悄悄收了，不承认就麻烦了。到时候说我是脑子有毛病，贵重东西藏在花盆里？谁信呢？老丁也不能证明，只好自作自受，吃哑巴亏。丁师母那一刻的内心有多懊悔多崩溃，只有她自个儿明白，但愿花盆还在老陈那里，但愿老陈还没工夫打理这个旧花盆。

她拉起裙角，跨过半米高的冬青隔离带，来到老陈的花圃里，之前她只在楼下寻找破花盆碎片，没有仔细查看老陈的那些个高高低低方方圆圆的花盆，众里寻他千百度，蓦然回首，她在老陈家阳台口最明显的地方看见了那个熟悉的老朋友，从老家带过来的陶土花盆，那个盆壁上的疤她没有忘，和老王背上的胎记多么像啊。丁师母抱起花盆就往回走，她也没有多想要不要与老陈或者陈师母打个招呼，她要回了自己的旧花盆。走到二楼，丁师母才仔细看花盆里的土，好像都还在，没有被动过的样子，太好了。丁师母长长的一声叹息，一切还会像没有发生一样，再好不过了。她等不及把花盆抱回家，再说家里还有老丁在，她在楼道里就把手伸到了土里。

土翻遍了，她惊愕到了，的确有一个塑料袋，却是瘪的，老天爷，她在里面只翻到了一张纸，纸上写着一行很瘦的钢笔字：宝贝暂时代为保管，如需认领请联系老陈，手机号码……

迷失

魏爷家的汤米走丢了,这个消息成了业主群里的新闻,群里好久没有什么动静了,现在汤米的照片成了热点,魏爷家发布的寻狗启事非常的刺激人,寻获汤米的人可获奖励一万元人民币,这个奖励一般人家是给不起的,魏爷除外。为啥小区里别人家的都只称呼李总、厉总、彭总,唯独魏爷家大家伙儿都称呼爷?这个爷不仅仅是魏爷年纪有了一把,更是因为魏爷的许多配置是很震撼人的。魏爷的现任太太比魏爷小了二十三岁,四十出头了还婀娜多姿,不了解的人以为是他女儿,这位太太据说曾经是一部电影里的主要配角,演贵妃娘娘的。魏爷家的汤米出身不凡,其血统不可考,来自在魏爷家喝过茶的弥姐的消息,汤米的爸爸是省厅H书记家的小公子,妈妈是某位姓牛的富豪家的爱宠,一胎三只,魏爷能分到一只,那是怎样的一种荣光。物业专门派出两组保安分头为魏爷去寻狗。

保安老北负责小区南片,他听说过这只著名的狗,但没正式见过。小区里狗狗不少,李总家的博美丽丽,厉总家的柴犬旺柴，彭总家的拉布拉多啦啦，他都认识。魏爷家的这只汤米就在照片上见到过，哈士奇，拆家能手却被养在家里院里，没见到它在小区道路上遛过，它出门洗澡坐奔驰车出去，魏爷的保姆开的车，这辆老奔驰在魏爷家也就两个用处：买菜，接送汤米。老北的汤米发音不准，听着像糖米，他自己也吃不准到底应该喊糖米还是拖米，他听见魏爷家的保姆喊汤米时，这个汤字是个很重的音，好像是嘴里炸响的一个雷，老北学不来。整个下午他翻遍了南片所有的旮旯，遇见了四只充满敌意的花色野猫，两只乱窜的中华田园犬野狗，一只上了树的松鼠和一只脏兮兮的谁家丢弃的流浪棕色泰迪，这只泰迪倒是黏人。老北相当于给南片园区的野生动物做了一次普查，当然还有很多斑鸠、戴胜什么的带翅膀的、会飞的不在统计范围。

汤米没有踪影，老北其实也真没怎么把那一万元的奖金当回事，不是他不相信魏爷的诚信，像小区里那位经常信口开河的彭总，总会给到老北各种承诺："辛苦啦，又来帮我们家换射灯，以后你真不干了就到我厂里保安部，给你安排做个队长。老婆有没有带过来？要不就到我厂里上班，周末可以夫妻团聚，好不好？"好不好？当然好，老北表面应承着，心里面反驳着：在你眼里我只是一个召之即来挥之即去的小保安，估计你连我的姓名也报不全，但魏爷不是这样的。真要找到这只著名的狗，老北也不会拿魏爷的巨额奖金，因为保安为业主服务是分内之事，包括找寻丢失的狗，狗四处乱跑也是小区的隐患，必须排除；因为魏爷的慷慨，每年过年保安每人一床新被子是魏爷发的,夏天里办公室堆着一车的西瓜是魏爷送的;还因为魏爷的太太,实在是太好看了,到了什么地步?就是好看到老北不敢拿正眼去看一眼,怕灼到自己的眼睛,那些在电视剧里出现的大美女居然还不及眼前见到的这位魏太太艳丽,她不是普通人,是女神,老北整个儿被征服了。后来,魏爷家的快递都是老北抢着送过去的,他小心地捧着快递,轻轻按一下门铃,耐心地等着那门打开,等着飘出一个轻盈的身影,给到他惊鸿一瞥。

老北找到的这只流浪泰迪是杜总家的,照片发到群里,杜总的夫人就来物业确认了,杜夫人叫一声帅帅,那泰迪便活蹦乱跳地跑去了,这狗流浪多日也就没有狗样了,哪还是原来的帅帅?杜夫人说:"我家的帅帅一向很听话的,不过给魏爷家的汤米咬过后,吓到了,跑出去有些天了。""魏爷家汤米咬的?""汤米的阿姨抱着汤米到我家借洋葱聊天,让两只狗处了一会儿,没想到汤米发了狂,把帅帅给咬了,屁股上缝了十二针。""那要魏爷赔偿损失。"老北说,物业办公室的几个也齐声附和,反正魏爷有钱。"杜太太,您家帅帅走丢了,也不见在群里让我们去找?""反正也吓傻了,破了相,谁让它对汤米那么凶?""得,听过来还是帅帅惹了汤米,挨咬的可是帅帅。""魏爷说了,等汤米配了母狗,生了,赔我一只。"杜夫人给帅帅套上狗绳,拉着回家去了,看来她忘了汤米还没找到呢。

弥姐是除下雨外天天出来遛狗的,单身,做茶叶微商,开甲壳虫，年龄有一把了，还是少女装扮，扎一条麻花，老北原来喊她林总，后来应弥姐要求改称弥姐。她的狗是一条金毛，母的，名叫妞妞，不怕生，见什么人都摇尾巴，遇见公的狗，会挨着不走，尽显媚态，很有那么个意思。有时候路上听见弥姐会生气，扯着狗绳吼着妞妞往回走，因为妞妞撅着屁股，正向一只流浪的中华田园犬发信号，那还了得。老北会提醒弥姐："你看好了，别一不小心就要怀上了。"弥姐瞪一眼老北，嗔怪道："我家妞妞生了，选一只名叫小北。"住在D区的弥姐和住在A区相隔甚远的魏爷混得很熟，经常提着新茶到魏爷家喝茶，弥姐说是妞妞让魏爷看上了，那天妞妞在A区跑开了一会儿，居然就蹲在魏爷家的大门口，还真会找人家。她还说和魏太太相见恨晚，现在已以闺蜜相称了。"老北，魏爷家的汤米真的好帅，要是我家的妞妞和汤米好上了生一窝就好了。"老北刚把居心不良的中华田园犬驱赶出小区北门，听弥姐这么一说，头上都是雾水，嘴里应着："挺好挺好。"心里头却纳闷：金毛和哈士奇的杂交会是一副什么模样？

老北更加纳闷的是魏爷家的汤米怎么会跑丢了就找不到了？庭院高墙，大门厚重，专人照看，而且小区封闭，监控不留死角，除非有人藏了，找到不是难事。整个小区的监控查过了，出没的独行的狗老北基本都有印象，没有一条像汤米。物业经理微信上请示魏爷："要不要报警？"魏爷说："这个自家小事，一条小狗，哪能劳动警方？""好吧，老北，通知你们几个门岗最近继续留意,尤其是车里有带狗出来的要仔细查看一下,防止有人把狗藏了带出去。"是。""还有,小区周边,你最近排半天班,抽空出去转转,一旦发现汤米及时报告,我立马派人去捉。"

带小狗出小区的车辆几乎都会被保安询问,带小狗回小区的车辆也都被关注。两周后,魏爷家的保姆带了一条小边牧回来,黑白双色,看上去两个月大,萌萌的,可爱极了。老北正好遇见了,忍不住问一句:"阿姨,汤米还没有找到?换狗狗啦?"阿姨不太搭理他,踩一脚油门就进去了。魏爷家的保姆其实和老北是一个省的,不知怎么的就是不对付,阿姨基本不搭理老北,老北肚子里是有气的:你也就是狐假虎威狗仗人势,会开车的保姆也没啥了不起!等你被魏家辞了,别说开奔驰,连小区老子也不让你进来半步。

弥姐给了老北两个小茶罐,说这叫小罐茶,很好的正山小种,贵着呢。老北说:"我也不懂,给我浪费了。"弥姐瞪一眼老北,命令道:"收下,没别的意思,下周我有个小出差,劳烦你每天到我家车库喂一下妞妞,就两天,这是车库钥匙。"喂妞妞的活老北干过多次,老北也乐意,虽然免不了被别的保安笑话:"老北,你被弥姐看上啦,人家正单着呢!"老北其实挺喜欢和弥姐聊天的,弥姐平易近人,妞妞也与他特亲昵,毕竟在这个 G 市著名的富人小区,能像弥姐这样与保安平等相待的业主比较稀有。

老北到魏爷家送快递，保姆开的门，他瞥见好看的魏太太在院子里晒太阳，怀里躺着那只新来的小边牧，萌萌的，真的好可爱。保姆见他多看了两眼，低声喝道："看什么？快走！""我看看汤米回来没有。"老北顺口问了一声。"汤米不用找了，不会回来了。"保姆把门冷冷地关上了。老北觉得可惜，为那只曾经著名的神秘的汤米。他回去到弥姐家喂妞妞，正好弥姐也回来了，他忍不住问了弥姐："弥姐，汤米不会回来了？"弥姐当然知道魏爷家来了一只新狗狗，她给老北看了魏太太的微信朋友圈，翻到一张业主群里的寻狗启事的截图，下面有很多好友关注和表达惋惜的，弥姐指了指其中一个荷花头像，郑重地说："这位是汤米的奶奶。""奶奶？""对啊，省厅H书记的夫人，汤米的爸爸是他们家的公子。"老北着实吃了一惊，问："那汤米丢了，怎么交代？"弥姐忽然叹了一口气，幽幽地回答："这张截图就是一个交代，汤米其实是保姆送走了，没有丢。""为什么？"老北脊背一阵发凉，"这是啥子个情况？这段时间，汤米害我们几个牵肠挂肚，监控反复调看，地毯式搜寻，走路都左顾右盼的，不知道的还以为我们惦念那一万元的奖金，想钱想疯了。"弥姐说："有些事情跟你说你也不懂，那些是很上面的事情，你也不怎么看报纸吧，汤米失踪的三天前，汤米的爷爷，也就是H书记进去了。""进去了？进哪儿？"老北的确是不懂。"书记犯了点事情，魏爷讲究，所以，汤米就该不见了。"弥姐用手指指了指自己的脑门,示意老北也用用脑子。老北不知是吓到了,还是真的没想明白,他僵着脸,想笑却像哭似的,口中嘟囔着:"汤米犯了什么错?汤米只是一条狗。"他愣愣地退了出来,弥姐关门时安慰了老北一句:"放心,万一它爷爷没有啥事,汤米还会回来的。"

地铁

李钟书教授不乐意坐地铁,他要过的这几站,途经高校区,车厢里拥挤不说,小情侣卿卿我我,有个别喜欢前拥后抱,直接在你面前做出亲昵动作,旁若无人。李教授单坐在一边,在年轻人的眼里不受关注,下了讲台,基本没有人认识他。他会闭上眼睛,耳朵里听着报站,过了紫薇园,下一站王家店,他记着下。他回一个人的家,他在慈利馄饨店来一碗,再慢慢走回去。他回家后的主要生活是看剧,每一部新上的剧,他先看两集,感觉无趣便换台,能接受就一集集跟着看下去,他好多年夜晚不在书房看书了,他怕家里太安静。

这一日地铁上遇见的事太怪了,李钟书教授撞见了一张熟悉的脸,偎在一个很瘦削的肩膀上。这个小伙子长得有点猥琐却有艳福,鲜花插哪儿李钟书根本不在意,只是那个女孩太像太像自己初恋年轻的时候,他怀疑自己产生幻觉了,但眼前这个女孩不是图片,而是鲜活的,笑得那么生动。其实初恋留给他的印象也就停在这个年纪,后来,他们再没有相见,所以他会记得极为清晰。难道就是她？她还是那样子，只有我变老了？每过两秒，李钟书会忍不住去用力地看一眼那个女孩，他怕自己一疏忽，一恍惚，他们俩就下车了。他悄悄摸出自己的手机，悄悄朝那个方向迅速拍了一张，像作案似的，心头有点豕突狼奔。

女孩在李钟书视觉里太令他舒服了，脸上的稚气未脱干净，似乎还有一层小小绒毛，眼神里含着的调皮甚至是狡黠，让那个男孩唯唯诺诺，显得老实和紧张，生怕自己的小肩膀护不住女孩的得意。这让李钟书也想起当年，当年初恋也是这样子让他沦陷，无法自拔，而自己的肩膀也很单薄很瘦。

女孩和男孩下车了，科技学院站，眼睛跟着她的背影渐渐远去没入人流，李钟书忽然有点心疼，就这样毫无准备的遇见，而又迅速消失，应该不会再见，这些年地铁里他遇见过什么陌生人还有再见过的吗？不曾注意，可是这一次李钟书强烈地觉得不该错过什么，他的心追上去了，可是他坐着的身子没有动一丝一毫。他错过了站，王家店的下一站是科技学院站，他得在下一站护国寺下车再转回去。

照片拍得有点糊，基本能看清女孩的五官轮廓，李钟书拿着手机端详了许久。他没有初恋的任何照片，却认定这一张就是初恋的照片无疑，他对自己的眼光很自信，年轻时学画画，那个常老师一直夸他有天赋，型打得准，观察过的轮廓过目不忘。这一张照片反复看着，打开了李钟书心中的一道闸门，他想起一件事情，他得去找一找自己的初恋，传说她后来得了抑郁症，应该和他没关系吧。妻子在世时，他没有关心这个，也不敢，后来妻子生病先走一步，一年半载了，他也没想起过这位初恋。老了，行将就木，不想再去翻开那些陈年旧事。遇见这个女孩生生把李钟书的平衡打破了。他开始批评自己，郑重地告诉自己，得去找一找，如果她还好，还能想起他，至少可以坐下来喝一杯。

当年的分手是他不愿触及的记忆，因为回望那时候自己根本没有成长好，愣头青一个，成不了大事。李钟书毕业后分配去了山区的一个中学，初恋去了市区的文化馆，她的爸爸答应了某一位战友，要和他结个亲家，那个战友可是得势的人物，在财政局把着一个重要的位置。初恋的爸爸私下到那个山区中学找了他，说了几句冷得像铁皮的话："我的女儿就是养在家里也不会嫁给你的。"李钟书在那一刻整个人都被冻住了，像一个在地底下活动多年的犯罪嫌疑人被警察抓住了。原来在心里头无数次练习过的第一次见到她爸爸要说的表决心的话全部逃得不见踪迹了，他像一个木头人，眼睛向下，默默听完所有的总结陈词，而后看着扬长而去的吉普留下一阵黄尘，他这根木头上的叶子一下子落光了。

两天后，天气放个大晴，李钟书特意拾掇了一下自个儿，里头换了一条最白的衬衫。过了王家店不下，到科技学院下的车，他要去学院里逛逛，他是传媒大学教传播学的，科技学院的院系与他无关，但不妨碍他东走走西看看，这里有一位他的老学生赵奕彬，现在是院办副主任。他不急着去找，他想自己先转转，也许运气好，能遇见个熟悉的人。初冬的英华湖，平静得像一面镜子，早没有学生恋人在上头荡起双桨。李钟书慢慢走着，阳光给他的白发染了一点金色，自从妻子离开后，他的头发迅速地白掉了，他也不染，对理发师说："白了更有沧桑感。"其实他不老，离正式退休还有一年零四个月，有不少同事同学关心过他续弦的事情，他一点都不积极。

  他过了九曲桥，进了图书馆，穿过阅览室大厅。这里学生多，每一桌都有人，也有情侣模样的，头碰着头读书，偶尔男生往女生嘴里塞一点什么，女生用手指在男生脸上画几个道道。李钟书像极了一位来找孩子的家长，他期冀着能看见什么，但是却看花了眼，引来好多年轻的狐疑的目光，有些菜鸟情侣在他靠近时慌忙弹开了，也许怕这个陌生的老头是对方的爸爸找上了门。

  李钟书只找到了赵奕彬，一块在科技学院餐厅吃了个饭。他就说来看看奕彬，奕彬很感动，自己自从师母葬礼后再没有去看过老师，倒要老师上门来看自己。李钟书说："我快退下来了，也许以后要出来找点别的事情做做，还要靠你们张罗。"奕彬点了几个炒菜，学院不大，餐厅却不错，李钟书吃得有滋有味。

  妻子烧得一手好菜，可惜他吃不上了，他后悔啊，他不抽烟，妻子却得了肺癌，为啥呢？估计是常年烧菜的油烟熏的。妻子对他照顾周到，去省里开会出差，天亮他拎起门边的皮箱就走，里面早已井井有条。小到牙签、眼药水都备好了，妻子还会提醒一下:"带去的三条内裤是旧的,你就甭洗了,穿一条丢一条,回来再买新的。"他想到这个细节就要落泪,现如今他的内裤都要自己洗了,一堆换洗的丢在洗衣机里,哗啦哗啦洗一通,也不管内衣外衣要分开,他的观点是洗了总比没洗要干净,有时洗完的衣服留在桶里好多天忘了晾晒,那个气味会让他对自己生气。

忘了介绍李钟书的儿子了,独子,现在德国纽伦堡,留学后没有回来,留在那儿了,换了几个公司,收入自我感觉不满意,谈了个金发碧眼的女朋友,不谈结婚。老娘走之前回来过,处理好老娘的后事,回去尚未归来。李钟书不会想他是假的,但是想他也没有用,儿子有儿子的事情要忙,他还远远没到去住老人院的日子,身体还好,除了白发与前列腺增生。儿子电话里提到让他去找一个老伴,找个保姆也行。李钟书觉着目前他这样挺自由的,不用像以前那样必须每天洗澡,必须跟着她去公园里遛弯,他现在天冷了可以三天洗一次澡,没有课的早晨赖床,手机上看看朋友圈,给那些有意思的文字好看的图片点个赞。唯一让他难受的是夜深人静的时候,他会觉得太安静了,他会把电视机开到很晚,有时候他睡着了,电视机还在播着。

李钟书寒假里回了一趟芸城,那里除了几个老同学,没有别的熟人。他想去找一个人,不知道她还在不在文化馆上班,算算年龄该是退休好几年了。女同志退休早,所以大都比先生命长,李钟书的妻子是个意外。她的命苦,别人眼里她是教授的夫人,其实她的待遇相当于教授的保姆,李钟书除了会写作拉琴作画,生活技能等于小学生,马桶水箱拉绳卡住了也要找水电工来,三秒钟能搞定的事情,他不会去动手试一下。妻子说他的手比女人的还嫩,金贵得很。初恋后来的命运也很不济,这是他听认识的一个老朋友说的。初恋结婚后不到两年就离婚了,独自带着一个女儿,一直没有再组建家庭。因为这个老朋友曾经是初恋的初中英语老师,李钟书的学长,消息应该是确凿的。只是这个消息在李钟书的心头居然咀嚼搅拌了近二十年,常常还会消化不良,隐隐作痛,他从不与妻子提及,年轻时他多次向妻子保证:"你就是我的初恋。"内心却暗暗对自己说:不是。如果这痛里面还糅合着一种快乐,这一种快乐便是他对初恋父亲当年绝情的恨终于得以释怀,但他更多的是难受,甚至觉着她的不济也是因为自己的无能造成的,就如看着妻子病危在弥留之际,他觉着长长的无助,深深的自责。

文化馆的办公室主任告诉李钟书,他要找的这个人早在八年前就辞职了,离开了芸城,没有别的消息。有一个手机号码,不知道还能不能打通。李钟书小心地把号码抄下来,带回去。

他没有去拨打这个号码,而是反复在研究这个号码,因为它和他关注的她曾经甚至依然联系在一起,他很快记熟了这一串号码,比儿子的手机号码记得还清晰。有几次,他下了决心,已经把这个号码按到最后一位,就差按出通话键了,他却把手机放下了。他怕,怕对方说一句:"你是谁?我不认识你。"那会多么尴尬，这么多年了，你不再遇见的人再也没有联系的人，她还会记得你吗？或许她曾经也有过爱与恨，却随着时光消磨成烟。

李钟书和初恋认识是因为学院礼堂播放的一场电影——《被爱情遗忘的角落》，她恰好坐在他的前面，她哭得梨花带雨，转过头来不忍看，李钟书却看到了她的泪眼闪烁，清澈无邪，就那一刻，他的心也碎了。他克制不住地，递上了一块手帕。李钟书的初恋就这样开始了，但最终他也被爱情遗忘在山区中学的那个角落。

李钟书想起了那个告诉他消息的老朋友，那次学生结婚酒会两人坐在一起之后再无联系，那一天，他装着很平静地听完她离婚成了单亲妈妈的消息，就像听一个广播里的故事，可后来他杯中的酒忽然就变得苦涩了。老朋友还告诉他她现在有点抑郁，经常请假，孩子基本放在姥姥家，让姥爷接送上学。李钟书后来完全走神了，没有再听进去，自己像醉了一样，原本酒量不差，那一天回家时已经不省人事。

地铁里，李钟书坐在一个角落里，王家店快要到了，他好像没有起身的意思，他果然没有再遇见那个可爱又亲切的女孩。在那之后他坐地铁不再是气定神闲，他变得左顾右盼，变得若有所思甚至若有所失，隔三岔五还会坐过站，到科技学院站去了，下来的时候他再转回去，他觉得这样多坐一站是自己乐意的，他就这样默默注意着每一个从眼前路过的女孩，期待着上一次遇见的重现。这一回若有奇迹，他不会再容错过。

那一天风过后，雾霾散尽，天空很透很蓝，李钟书心情也很好，提包里放着一本最新的《长江文学》，上面刊发了他的一篇小说，小说的题目居然也是"被爱情遗忘的角落"。李钟书在科技学院的长廊里坐着，阳光给了他许多温暖，他又一次拨了那个号码，这回他竟然不可阻挡地拨出去了！电话那一头是一个年轻女子的声音："你好，您是？"李钟书报出初恋的姓名，女子停顿了一下，回答："哦，这个手机号码原先是我妈妈的，后来她去了新西兰，号码就留给我了。"

新西兰，李钟书放下电话，心里反复默念着这个岛国的名字，她现在应该过得不错吧，已经在南半球安家了吧，至少没有我想象中的那么不济，那就好，那就好。

没有和这个女孩子说上几句，但是李钟书感觉今天很满足很兴奋，他有了很多的收获，这个号码还是活的，它联系着一个和自己初恋一样的女孩。

名人

建国是一个普通人，幸运的是长了一张名人的脸，他自己都会感慨：我和那个名人太像了，不，是那个名人和我太像了。这两年，建国出去到麻安池公园百花洲公园随意走一趟，往往身后都会有小声的议论尾随，"快看，那个电视台的建华……""是他，没错！"那一刻，建国步子走得更急了，不想让好奇者来个正面确认，只给到一个飘忽的背影。要是这个建华是个国际大明星，估计建国会受到邀请做他的替身，可惜他只是本地电视台的一位金牌主持，不过，他也很有影响力了，有时候建国去菜市场买个菜都会被认作是建华，"华哥，您亲自来买菜？"一开始建国会摆手予以否认，次数多了，也就懒得去澄清了，只是打个哈哈，说个呵呵应付过去。

疫情期间，宅在家里，无聊，看了好多集华哥主持的相亲大集合，看华哥为众多帅哥靓女牵线搭桥，屏幕上的那张脸太熟悉，就像在看自己，不同的是那张嘴，那嘴皮子上下翻飞，巧舌如簧，那语速和应变力是建国没有的，建国的嘴巴很笨的，一紧张还会有一点结巴。建华是靠嘴吃饭的，建国是靠力气吃饭的，建华看上去灵活圆滑，建国显得严肃木讷。建国无数次对着镜子看建华的样子，模仿他的几个金牌动作，建国学起建华来有点僵硬。建国去理发的店也因为疫情关张了，建国的头发就暴长了，戴了顶帽子，也不多出门，后来解禁后索性留了长发，改了个小背头，这个样子居然有了点艺术范了，比那个建华更像建华了。

建国还真的碰到了建华，那天表弟去参加相亲大集合的候选，让建国陪他去，他穿得很正式，居然连门口的保安也没看出来："华哥，你今天来得老早。"也没问他要证件，建国就大模大样进去了，表弟在边上挤眉弄眼，好不得意。节目录播中场休息，建华发现了建国，或者说是建国故意坐在了他边上，他惊讶了一瞬，之后笑着快步过来，像是找到了失散多年的孪生兄弟，主动和建国握了握手，什么也没说，但那一次握手很有力量，建国可以感觉到这里头的暗语——你和我太像了。在场的嘉宾那一瞬间都有些吃惊，他们一定觉得建国会是建华家里的什么人，看建国的眼神都是带着客气与敬意的。建国坐得很正，保持了一种名人应该有的气质，他恰到好处的微笑，嘴角拉起，不开嘴；动作优雅地鼓掌，手举到胸前正中央，却是轻触，点到为止。

建国从录播现场回来后好久那只手都没有回过劲来，建华的握手太有力了，建国暗暗回味着那一瞬间的意味，也许建华的大力握手还有另一种暗示，除了"幸会，我们真的很像"，一定还有别的什么意思，但是什么呢？建国的脑袋当然是没有能力马上透彻领悟的，他要有这个能力，也不至于临近四十了还是靠力气吃饭。但建国坚信建华还会有别的什么想要告诉他，只是现场当时太喧哗，眼多嘴乱，没来得及说上话。他想：一定有什么要对我说的，不然不会下这么重的手。

建国终于搞到了建华家的地址，是微信上一个朋友转给他的，那个朋友也说："建国，你不就是那个建华吗！建议你们去测一个DNA，你们一定是失散多年的双胞胎，赶紧问问你妈。"可惜建国的老妈死了多年了，建国的老爹当年是不是有养在外面的儿子？也不可考，老爹比老妈走得更早，那个一辈子老实巴交的电工也会有一段在外"触电"的经历？那会让建国无地自容，自己连老婆都没有守住。他却有个冲动，要登门拜访一下，也许建华的妈妈会给他一点宝贵的信息，如果建华的妈妈健在的话，或者建华本人。抄下这个地址的纸条子在他兜里一直放着，反反复复看过无数次，地址也倒背如流了——曼哈屯77栋1901，那是啥地方？本市的富豪区，建华是名人，自然住得高大上。建国似乎也觉得脸上有光，那房子和他有什么关系吗？好像有，他觉得自己至少可以去走一趟，串个门，也许就像回家一样，他心中冒出一个灵感来。建国把在表外甥女婚礼上穿过的那套西服拿去洗烫了一把，把自己捯饬得像个新郎官，皮鞋都特意擦过三回，可以照见自己的脸，就差一辆带司机的埃尔法把他载了去。建国哪里来的勇气，这是活了四十多年头一遭，有点义无反顾的果敢。他很顺利地进入了这个富豪区，保安看见建国，啪一个敬礼，然后是连连问好："钱总好，钱总好，您好久没有回来了。"哦，建华应该是姓钱，建国点头回应，这个冒牌的钱总在小区里走了半圈，终于瞥见了77栋，负责开电梯的小妹也是很主动地为他按了19层，建国很舒服地上了19楼，出了电梯，他却迈不动腿了，马上要敲门见到那个和自己很像的建华了，他在家吗？自己这样算是私闯民宅了吧？建国看着那门上的1901门牌，手指头有点发颤。他那一刻的心头老纠结了，建华出来了，自己怎样开口招呼，算是粉丝追星？还是登门寻亲？建国的口舌可不好使，面对光芒四射的建华，他笃定会结巴。如果门没开，建华不在，那少了很多解释和尴尬，转身就离开，就是攒了这些天的勇气在这一个转身之后估计不会再聚拢了。建国提醒自己要试一试，来都来了，过了好几关了，也没见出什么岔子，也许建华还会像上次在录播现场那样用力地握着他的手，那就是一回生两回熟啦。

门铃叮咚了一会儿，听见里头有脚步声，建国后背起了一阵疙瘩，忐忑间，门开了，不是建华，是一个女人，穿了一条蕾丝睡袍，半透，盘着头发，半湿。她见了建国，不，应该是建华，也不搭理，丢下开着的门，自己飘回屋里去了，建国看见一个婀娜多姿的背影，这个背影实在是令人怦然心动，那裸着半个背的真丝睡袍行走间流动着波光，有一种神秘的诱惑，让建国瞬间觉得有什么要咽下喉咙，却又卡在舌后。建国害怕了，他得走，离开这里，立即马上，可是他却迈不动腿，他的脑子有点短路，指挥不了自己的身体。还好，建华不在。建国听到一个卧室门反锁的声音，这个女人是不是察觉到了什么异样，她躲开了？家门却是大开着，留下建国一个人在门口站岗，像个木头人。建国终于接上了自己的线路，他得赶紧撤离，那个受了惊的女子也许真在里头拨打物业电话甚至110，建国后悔自己的这个该死的冲动，不该贸然来拜访什么建华，现在自己肯定被小区的监控电梯里的监控全程记录下了影踪，也许几个保安已经在电梯口候着他这个伪钱总了，只等他一下来就一举拿下。唯一庆幸的是自己只是叩开了门，什么也没做，之前的畅通无阻只能证明保安的无能，证明自己和建华太像了，就像一个人一样。

建国把门带上，虚掩，慢慢退回到电梯间，他要做一个决定，从电梯下还是楼梯下，他害怕直接坐电梯，怕一到一楼就被保安截住了，得走楼梯下，再想办法走个后门出去，虽然对这个曼哈屯人生地不熟，但这个时候没有更好的选择了。他找到了安全楼梯的入口，一口气下了七八层楼梯，累了，有点喘，坐下来休息一下，没有人走这个楼道，不会受打扰，楼道里的声控感应灯在他休息的时候暗了下来，照平时，在自己小区，他会吼一声，让灯亮起来，这个时候，他不敢，怕惊动人，他需要这个黑暗的掩护。坐在黑暗里，他忽然有点困意，刚刚的紧张压迫了建国的小心脏，现在暂时得到了舒缓，人就疲软了下来，迷糊间建国恨自己的胆子太小了，咬牙切齿地恨，他想起老婆对自己的轻蔑，就是因为自己缺乏生活的想象力,说土一点,就是不够瘆。上一次和老婆做爱已经是去年的事情了,老婆冷漠如一块朽木,身体没有响应,建国就像在一个石头缝里穿插了几下就泄了。建国一开始还有些郁闷,后来也慢慢忘记了夫妻之间的这点破事。老婆才不会在意建国和建华像不像,建国脱了衣服就是干干的建国,建国穿上衣服还是那个会冒傻气的建国,建华的神采建国学不来,貌再似却神不似,在老婆这儿,建国只是建国,这是建国最失望的。

建国忽然升腾起一点想回去的念头,他要去见一下这个建华的女人,但是和她说点什么?说你能看出我和建华的不同吗?让这个婀娜多姿的女人来一次找不同游戏?而后呢?建国没有那么大的想象力,他就是心中有点期待,这个期待非常的犯罪,就是他在想如果那个特别特别漂亮的女人也把他当成了建华,是不是会和这个建华发生一些男女之间必然发生的事情。建国从来没有过这么大的欲望,他要回去,看看那个光洁的发着亮的背,转过来是一个怎样的正面,前面太匆忙太紧张,建国没有看仔细。建国终于咽下了舌后的那口水,他站起来,准备回到19楼,他忘记了刚刚的惧怕,楼道里并没有任何异样的动静,只有建国自己有点沙哑的呼吸,他缓缓回到19楼,从安全楼梯门里出来,他看到的那扇虚掩的门已经关上了,建华的女人已经发现建华离开了。那么,我还要不要再次按门铃?建国胸中升起的火焰被隔在了门外,他对自己的退缩和犹豫非常愤怒,这一辈子自己最差劲的地方就是不坚决不果断不勇敢,关键时刻掉链子,他已经错过了和这个女人留在一个房里，发生充满想象力的后续的可能。

建国回到电梯，他下楼去了，大厅的保安并没有异样，还是很热情地和他致意，建国几乎忘记了刚刚提醒过自己的危险，不过，从女人留着的门可以确定在女人的眼里他就是建华无疑。建国从曼哈屯大厅走了出来，没有车来接他，他拐到了边上的巴黎后巷，他想慢慢走出去，再打个车回家去，不能直接在门口叫车，那样有失身份。一辆黑色奔驰驶来停在了他边上，下来两个戴口罩的硬汉，上前来问一声："你是建华吧？"建国正在迟疑是否回答我是，硬汉的拳头已经跟着问话到了，建国的下巴和胸口已经各中了一拳，建国在惊愕中争辩："我不是建华。"对方回复："没错，打的就是你！"建国双臂交叉护着脸面，身上又吃了几拳，抽身想逃，硬汉追上，一人架住，一人踢中了建国的要害，建国几乎痛晕过去，只剩下求饶："我不是建华……你们认错人了……"一个硬汉在建国耳边警告了两句，两人丢下他上了车扬长而去。这个巴黎后巷实在是死寂，没有人旁观也没有人经过，建国缓缓从地上起来，跟跟跄跄走了几步，又停下来，他好像浑身都疼，要害部位有一种撕裂的刺痛，他扶着墙，走过一面橱窗，看着玻璃上显现的自己，目光涣散，头发凌乱，表情扭曲，肩塌背弯，这哪里是意气风发风流倜傥的建华，不正是一向备受老婆轻视号称扶不起的建国？他在恍惚间记起刚刚的那几句警告——"你以为你是建华就了不起，道貌岸然的东西，金姐说再见到你就把你阉了，让你一辈子做个软蛋。"

温佳的西西里

遇见温佳这个孩子完全是一个巧合,那天她来我们电视台参加迎春联欢晚会的表演,她在台上用意大利语向大家祝福新年,我虽然听不懂,却留下了深刻印象。主持人介绍她是一个在西西里出生长大,前年才回国的华侨孩子,她的意大利语讲得比温州方言好许多,她的温州方言讲得又比普通话好,因为她是跟在讲方言的外婆身边长大的。

温佳和她妈妈晚会中就坐在我边上,她现在十二周岁,我与她们母女合影留念,我是这场晚会的编导。

"吴老师,温佳寒假里能否跟随您学点中文?听说您有做语言类的私教。"温佳妈妈在离开时忽然提出这样的请求,让我颇感意外与暗喜,我这个地方台小老师居然连海外归侨都有所了解,看来这几年的教学也积累了一定的人气,心中暖意融融。

"温佳的中文底子弱,还请多多指教。"温佳妈妈一脸诚意,我答应下来。其实,我也是好奇,很想听听这个来自西西里的孩子在远方的故事。

我一开始很怀疑她的中文表达水平，推测可能只相当于幼儿园中班小朋友的水平。后来我才发现这个意大利长大的小人儿居然在中文表达上有异禀，简直是无师自通。难道说她外婆的温州方言带给了她中文的启蒙？这好像不是一个正确的解释，但是她根据我的要求用中文记录的西西里岛的生活随笔把我深深震撼到了。

第一篇　尼克里亚街的小楼

我出生在意大利的西西里岛。我的童年是在爸妈工作的尼克里亚街上度过的。在那儿，我认识了许多意大利的小伙伴，我们常常去小街末尾的小楼里玩耍。但十岁那年，我们要回中国。去机场前的中午，我任性地跑到小楼的楼顶，坐在那张旧迹斑斑的沙发上，对着地面说："我要离开了，你会不会被拆迁？"

也许在众人看来，那是一个非常愚蠢的行为，因为地板是不会说话的。我站了起来，注视着小楼的每一寸角落。三楼的墙壁上印着好多彩色的小手印。记得那时，我和我的朋友们，调皮地将装修的油漆颜料悄悄地搬到这里，把手伸进去，然后重重地拍在了壁上。那一天，我们被各自的家长骂得狗血淋头。离开的日子距离我们印手印的那天已经有五年了。五彩的手印上应该铺满了重重的灰尘。

二楼，地面上七零八落地摆着一些拍蚊子的拍子。走近一看，上面残留着一些蟑螂的身体器官，比如触角、足……儿时，我们常常会做一个恶心的游戏，那就是在小楼里猎杀蟑螂。谁杀的蟑螂多就可以当一天的老大，大家都必须听他的。

我望了望表，离爸爸允许的时间只剩五分钟了。我走到一楼，把手掌贴在墙上，最后一次地去触摸小楼的墙壁，去感受阳光留在墙上的温度。不得不承认，那一刻，我潸然泪下，不想去相信我要离开这载满了我的童年岁月的小楼。我带走了一只我们一起做的手工花瓶，我们承诺过，这花瓶要留给最后一个离开小楼的人。还依稀记得，第一个离开楼的是 Lucia，她是个文静又聪明的女孩，常常教我杀蟑螂的秘诀。因为我是除她以外唯一一个女生。她离开是因为他们一家要搬回罗马了。第二个离开的是 Matteo，是一个超级活泼调皮但同时受我们尊敬仰慕的男生。他离开是因为父母生意不好，换城市了。大家接二连三地离开，最后只剩下了我孤身一人。

我踏出小楼一步，两步，三步，又不舍地回头望了一眼，朝着它招招手，说："再见！"那时，没有相机拍下的照片给我留作回忆，只有那个七扭八歪有些丑陋的小花瓶。小楼的模样在我的记忆中已经有些模糊泛黄。如今，你还在吗？我喜爱的小楼，我多想再去看你一眼，装着我童年梦的小楼……

温佳的文字很有画面感，像穿越时空，带我回到她那个神秘的小楼逛了一圈。第一篇就让我眼前一亮，我怀疑她母亲之前的介绍太过低调谦虚。这个孩子的中文表达与国内那些写惯了套路作文满篇好词佳句的孩子完全不一样，包括她的视点，也是独特而大胆的。与她的聊天中，我感觉到她对回来后生活的不适应。她说："老师，我只能写那边的题材，我的记忆里全部是西西里的生活，在这边，我还没有好朋友，有时候，我真的很想马上回去，可是我好像回不去了。我的爸爸妈妈说在那边现在没有多少生意可做了，很多中国人都回来了。"

第二篇　守墓人

在教室里上课，老是喜欢把注意力转移到窗外的风景上，窗外，在一个较远的地方，有一片绿油油的大平地，平地上貌似竖着很多块石头，从远方看是一个个灰色的点。我向往着踏上那片位置的土地，然而每当我邀请同学同我一块前去，他们都是先惊恐地摇摇头，再表现出对我的一种敬佩之感，也不说为什么。

无人陪同，无奈，便一人走向前去。

那天，阳光微凉，天真的我早晨就来到了这片在我眼中只是一块"平地"的地方。徘徊了几分钟后，一个中年女人从旁边的木屋里走出来，祖母绿的眸中满是对我一个小孩的到来的惊诧，她询问："小孩，你来这里做什么？"她的声音清亮，不同于同龄女人经常吼叫后留下的沙哑。"我想看看这里，那些大石头是什么？"我指着那石头问。"那是墓碑，下面是死人。"她满脸奇异地看着我，可能是等待我受惊后激烈的反应。但我并没有，或许是那时人小所以傻，比现在懂事后的我不知勇敢多少倍。

"阿姨,你平时都做什么?"我问。话问出口,她挑了挑眉头:"你要试试吗?"对这片土地还有这个工作抱有无限好奇的我,禁不住诱惑,便在这片墓地待了大半天,体验了一天当守墓人的感觉。

早晨无非是扫扫飘落在平地上的一些枯枝败叶,擦擦墓碑,使它们在阳光下显得不那么死气沉沉,赶走一些想在这儿觅食的野狗。而下午,来看望已故之人的人就多了,他们在某块碑前跪着,或蹲着,有的哭,有的只是倾诉。每个人离开之前都会看看我,再笑着对那位女人说:"终于有人陪你了啊。"她微笑,不语。

夕阳染红了天,我数不清这是我今天问的第几个问题:"阿姨,你没有丈夫吗?没人陪你吗?"她努了努嘴,示意我向墓地看去:"十年之前他葬身在这里,我也是在十年之前开始在这里工作。"我点点头,年少的我对于死亡并无什么概念,所以也感觉不到悲痛。

我回家了,告诉母亲我今日的行程,她知晓我去了墓地后,批评了我一顿。我不解,我认为当一天的守墓人很有意思,至今还记得擦拭墓碑时,必须要用干净的布,而且每擦一块碑,都要先把布在盛好的水里洗一洗,搓一搓,当时我不明白原因,守墓的阿姨说这是对每一个死者的尊敬。石头上刻着那些陌生的名字,离世前各样的经历,那时擦了将近一百个墓碑,微微了解了许多逝者的人生。

守墓人,看着一块一块墓碑在自己眼前立起,守过月落烟长,他们是否已看惯了生死,对于死亡已经无感?他们离亡人的世界最近,却不恐惧,甘愿在这人烟稀少的地方工作,是因为高昂的工资?还是像那位阿姨一样,因情所致?

多想回去问问,可是我似乎再也没了勇气。

温佳的勇气还是可嘉的,我不禁奇怪,她的学校为何距离墓地这么近。做一回守墓人,也认识了许多亡者,这会吓住一个胆小的孩子,也会让她迅速成长起来。温佳说她的外公当年是偷渡到意大利的第一代,当年和外公一起出来的还有外公的妹妹,抵达的只有外公,她的这位阿婆被偷渡船提前驱赶下水游向海滩时不知所踪。

"你的外公还健在?""没有,他在我三岁时就生病去世了。""他,有没有被埋在这块墓地里?""没有,外公的骨灰是被带回中国安葬的,外公的墓边上有他妹妹的一个衣冠冢。"衣冠冢她都懂,我惊到了。

"我外婆和妈妈是在外公获大赦后有了居留身份才出来的,后来妈妈找到了同样身份的我爸爸,才有了我。现在,我们一家都回来了,外婆说我归根结底还是中国人。"

第三篇 冬天

深冬,街上的人流依旧,高挑的意大利女孩还穿着短裤,大摇大摆地在街上行走着,不屈服于这寒冷的气候,我是少数上围围巾、下穿雪地靴的人,看她们的着装再看自己,不得不怀疑是否我的身体对寒冷过于敏感。

熟练地找到那家我经常光顾的包子铺。推门而入，门上的铃铛伴随着门的开关"丁零丁零"响起来，坐在收银台的老板娘头也不抬，利索地数着手中的钞票，"来了啊，肉包子吗？"我点点头，将喉结上下抬动"嗯"了一声，冬日连喉咙都仿佛被霜冻住了一般。

找了一张靠窗的桌子坐下，我喜欢处在温暖的地方去观赏被隔绝在外的寒冷，似乎会有种居高临下的优越感，也许这是个怪癖吧。意大利西西里岛的冬天即使是白天也灰蒙蒙的，而店里透过纱灯的暖橙色灯光，让我那颗被灰色渲染的心恢复了颜色。

"姑娘，你的。"老板围着白色的围裙从厨房里端出我点的肉包，我伸了伸脖子，把嘴露出来，微笑道谢。我与他们虽同为华人，可只能用意大利语交流，那时候我连他们门牌上的中文字都看不懂，更别提用中文交谈。碟子上的肉包冒着白色的热气，我从木桶里抽出一次性筷子，掰开来，搓一搓——这习惯至今还保留着——用筷子把肉包撕成两半，肉汁从中缓缓流出来，让人看了就想吃。

五分钟后，碟子上便只剩下一摊不均匀的肉汁，我满意地把筷子搁在上面，身体里的暖流开始流动。老板娘过来收盘子，同我闲聊了几句，我高兴地笑着。在异乡碰到同乡之人，那种亲切感没有经历过的人可能无法理解——罗马也就罢了，中国人这么多，在西西里岛这样的城市，华人真的少得可怜。

我前面坐了位客人，是个黄皮肤的中年男子，他用我听不懂的中文和老板娘点餐，看到这样的画面，我有时候甚至觉得不会说中文的我，即使拥有中国人的皮囊又有何用，称不上是真正的中国人吧？我不屑地自嘲。前方男子掏出皮质的钱包，从夹层里抽出一张泛黄的照片，模糊看到是一个小女孩和一个漂亮的女人，旁边的男人估计就是他了。他嘴里轻声嘀咕着什么，接着话语被啜泣声所吞噬，他捂着脸哭了。

老板娘好像习惯了这样的场面，把一包纸巾放到他手臂边。我莫名其妙，究竟是什么能令一个男人在这儿失声痛哭？据老板娘说，这家店常有各种华侨光顾，而来到这儿便哭泣的就占了大多数，小到年轻的留学生，大到古稀之年的老人。当然我那时并不能理解其中的原因，现在多少能领悟一点，大概这家包子铺就是他们在异乡冬日里的温暖港湾吧，他们渴望在这找到家的感觉。

我轻轻推开椅子，尽量不发出声音，用口型和老板娘道别，推门而出，回归到刺骨的寒风当中。冬天的包子铺，光顾不腻，弥漫在店中的肉包子的香味一直没变过，那里有一种柔软的温暖，让人的身心感到愉悦温馨，即使是在寒冷的冬天……

我没有告诉温佳，五年前我差一点要移民西班牙，当时有强烈的冲动，觉得那边有朋友接应，走的又是正规的购房换居留的途径。计划先让妻子带着女儿出去，妻子在朋友超市上班，女儿在那边上学，我自己每年去探亲一次，到条件成熟我再去团聚。在当时看来，好像是一个完美的计划，而且我们还借亲戚的钱制作了很漂亮的银行流水。但就在赴上海领事馆签证的前一周，因为老岳父的强烈反对，我们放弃了，因为一句中国老话：父母在，不远游。也因为一个细节，妻子问我："你吃得惯西餐吗？"也许，我也和温佳一样喜欢吃肉包子。

第四篇 夏天

卡塔尼亚市的玛蒂诺街到了夏天，来往的人从几百甚至几千竟减少到只有十来个人。

大热天其实我也不想出门被烤，但是家里的吐司吃完了，而我又正好饿了。为了填饱肚子，无奈之下我只好去超市购买。步出超市我才发现，对面高楼的阴影中，那对一直在这条街上卖艺的唱戏人还未被炎热的酷暑赶回家。

以前来到这里总是看不到他们唱戏时的模样，中国味十足的演绎吸引着路人，所以他们面前老是围拢着一群身材魁梧的洋人，个子娇小的我被遮挡着视线，自然也就无法观看。过了马路走到他们面前，仔细一看两人脸上的颜料被汗水弄得有些花了，播音机里的二胡声让我感到刺耳，唱戏人嘴里唱的我一句也听不懂，但是他们声音中的哭腔，让我猜测到他们大概是在演着悲伤的故事。

一听就是一下午，我吃着超市里买的吐司，撑着太阳伞，搬来附近一张木质的板凳，津津有味地欣赏着他们的表演，抑扬顿挫的动作并没有因为炎热而少了几分力度，一出戏未半，汗水早已湿透戏衫。中途我投了几欧元硬币到摆在他们面前的帽子中，几枚银金色的硬币在一片黑色中显得格外悲凉。

唱戏人这么有才华，没有舞台，他们会不会感到不公？在这听众稀少的夏天，他们会不会想到放弃？正全身心投入角色的他们是否分得清戏里戏外的世界？他们来自中国何方？演着别人的悲欢，自己又有着什么样的故事？……一大串问号占据着我当时十岁的大脑。

屁股坐酸了，望了望笼罩在街上的粉红色，我决定回家了。很巧的，唱戏人的一出戏又唱完了，迈出一步，他们对我说了一句"谢谢"。是男人，我有些惊讶，回身点点头，又转身离去。

后来，开学了，我便甚少有机会再去看他们，再后来，我离开了这个国家。现在我回想了一下当年自己给自己提的疑问，我迷糊地回答我：没有舞台，街道就是他们的舞台。不管分不分得清戏世与现实，戏里戏外，都是悲欢离合，人情冷暖……戏里戏外皆是人生。

读温佳的这一篇，我忽然感到庆幸，仿佛这个可怜的唱戏人就是我，当年我如果出来了，作为一个瘦弱的男人估计也是难能找到活路的，流落在马德里的街头，是否也要卖艺为生？而我可能会更加难堪，因为我不懂任何一门乐器，也许只能给老外写字刻章、看相算命。但是，人生就是没有这些个如果，温佳的外公一定会后悔带着妹妹一起偷渡，如果让她留在国内就好了。

温佳却说:"吴老师,我想以后自己长大了再回去。"

第五篇 玛蒂娜的玻璃馆

清脆的风铃声,在我耳边响起,一股烛香扑鼻而来,莫名熟悉……朋友在杂货店内不停地讲述着她校内发生的趣事和八卦,而我却无心倾听,大脑自动屏蔽去了外界的噪音,我沉浸在自己的思想当中,到底在哪儿有过这种感觉?

"妈妈,我要那个玻璃娃娃!"陌生的童音传入我的右耳,大脑急速捕捉到两个关键字——玻璃。

回忆像挣脱了水藻长期的束缚的海绵板一般,迅速往上浮,最后漂在水面上……

意大利,放学路上。

"volavo(我飞)……"我哼着音乐课老师刚教的童歌,今天我心情愉悦,决定绕从未走过的远路回家。

那是条寂静的街道,放假时人流也不会增多,墙上满是青年用喷枪喷画的艺术,某些角落还可以看到些情话,估计是热恋中的情人写的吧。在花哨的墙中,一扇敞开着的简洁的门吸引了我的注意,那时视力还蛮好的,可以看到门上挂牌上写着"open",我加快了步伐,走进店家。

这是家玻璃馆,里面卖的全是玻璃质的物品。店内弥漫着薰衣草的味道,暖黄色的格调让我浮躁的心平静下来,天花板上的水晶灯将柜台上的玻璃制品照得闪闪发光,我看呆了。老板娘朝我点头笑了笑，便回过头继续擦拭装着白色风信子的花瓶。店里有顾客，但是她似乎并不担心什么偷窃事故，脸上毫无警惕之意。她的头发是意大利人少有的深棕色，祖母绿的眸子在灯光的照耀下如宝石般剔透，长长的睫毛投下的淡淡的影子，那弧度真好看。

我在店里逛了许久，漂亮的玻璃制品着实吸引我，也吸引着店里其他的顾客，但欣赏归欣赏，真正愿意花钱买下这些物品的人，五人中估计也就两个吧，没什么人喜欢买这种只能看而且还易碎的玻璃。天空被粉红色渲染，时候不早了，我推门而去，随着门的开关响起的风铃声被我抛在耳后。

自从我发现了这家玻璃馆的存在，我绕远路归家的次数渐渐多起来，光顾这家店的频率也高了，常常在这儿为过生日的同学和朋友购买礼物，与老板娘自然而然成了熟人。

其实心中一直有疑问，为什么要将店开在那么偏僻的街道？为什么生意不兴隆还要继续去经营？好多"为什么"都没问出口，我便被父母带回了中国，回国前也没有与老板娘道别。

本以为这会成为我终生的遗憾，因为我推测将来回来时那家店肯定已不复存在。然而，事实证明那只是"我以为"，我庆幸那只是"我以为"。

两年后，回到那条街，其他店面已经更换了，甚至还多了几家，不变的是那扇敞开着的木质门，不变的颜色，不变的简洁，我背着包迫不及待奔向那家店，"Hey, Martina！"我激动地脱口而出,店内的装修和味道没变,顶多就柜台上的玻璃制品变了样式,老板娘脸上抹上了几分诧异,她放下正在擦拭的装有白色风信子的花瓶,那花好像永远不会枯萎一般,看着一直那么富有生机。"Ciao(你好),Giulia!"我们拥抱,互吻了一下对方的双颊,开始寒暄聊天,气氛暖和起来后,我道出心中一直存在的疑惑。

她垂下眼帘,沉默良久,接着清了清嗓子:"我女儿喜欢玻璃,她说她的梦想是将来开一家玻璃馆,这家店是八年前我为她开的。"我恍然大悟:"原来是想让她继承啊。"她却苦笑着摇摇头:"她不在这,她在天上。至于为什么要将店面开在人这么少的地方,是因为我女儿她喜欢宁静。这些玻璃多像她啊,干净而又脆弱……"话音渐渐弱了下来,我向她投去抱歉的眼神,接着点点头,一切尽在不言中。

聊了好久,我才离开。这次好好地与她告别了,即使下次来没有再看到这家玻璃馆,我也不遗憾。

后来明白,花瓶里一直装着的白色风信子,原来象征着沉静的爱。八年时间,不变,一直对逝去的女儿的梦想默默坚守,沉寂,我心中一直记着有这样的一个夫人。是不是在某个玻璃花瓶里,她女儿的灵魂在陪着孤寂的她?

我忍不住夸赞温佳,她的这个故事真的很感人,就像在看一部电影。

"老师,你总说我写得好,我也没觉得,我就是在写作中回想起来许多童年的记忆,这些记忆让我很矛盾,我总觉得我是属于那里的。"

玛蒂娜的玻璃馆、尼克里亚街的小楼、中国包子铺、玛蒂诺街的唱戏人甚至那位教室窗外的守墓人都是温佳要回去的理由吗?我感觉招引她回西西里的是她的童年,因为一个人的童年在哪里,哪里往往就会成为她的故乡。

第六篇　无名小花

回中国已经三年了。

一时兴起,从书架里抽出那本去年外婆给我带回来的 Narnia(《纳尼亚传奇》),温习意大利语,津津有味地看了100余页,欣慰地发现我还依旧看得懂。

随手翻了一页,一朵夹在书页之中的花吸引住了我,它已经枯黄了,以至于完全看不清它本身的颜色,残花周围的白色页面被染上了一点淡黄。

我小心地用食指与拇指夹起它,看了看,花柄上有点刺刺的,我急速翻阅着脑中的回忆,想起来,这朵花是来自故国意大利,想起了它为什么会存在于书页之间,想起了我为什么会拥有它……

那是个冬日的午后,我同那边的伙伴在商业街后边的"秘密基地"玩耍。我当时特别开心,因为那天是我的生日,小伙伴们纷纷为我递上礼物送上祝福,但是平时最会活跃气氛的 Federica 却一声不响地坐在角落,茫然地望着窗外的景色。

我脱离了一边正在疯狂吃着蛋糕的人群,悄悄地凑到她身边,"Psps!你怎么了?"她扭过头看着我,我在她海蓝色的瞳孔里捕捉到了少有的不安,像是波涛汹涌的大海,她支吾着说:"没有为你准备礼物……真是抱歉……"

我拍了一下她的背:"多大个事!我还以为你不舒服,没事没事。"我不以为然地说。她还是有点尴尬地牵动了一下嘴角。

疯玩了一个下午,天被渲染成了漂亮的粉红色,该回家了。大家一起走在通往商业街的小林荫里,走了一会儿,我不由自主地在一个野花丛旁停下了脚步,那是一丛很好看的花,有着玫瑰的优雅,但也不失小雏菊的清纯,可悲的是我至今还不知道这花的名字。"真漂亮。"我脱口而出,又努了努嘴,心里责备着自己胆小怕虫而不敢去摘。

重新迈开了脚步,不一会儿,一只手突然抓住了我的肩膀,我有些惊恐,回过头却发现是Federica,她擦了擦鼻子,说:"给你,生日快乐!"她递来了那朵我之前在欣赏的花。我瞪大了眼睛,又惊又喜地接过这迟到的礼物,用力地说了一声谢谢。她的眼里的海洋平静下来了,"不客气!"声音也回到了平常的爽朗。

回到家,我便将那朵心爱的小花夹进了书中。记得那天有人送我娃娃,送我巧克力,但是那些礼物都留在了意大利,只有这朵花还待在我身边。

这朵花一直在我内心某处盛开着吧,轻轻摇曳着,散发着淡淡的太阳的味道……它究竟叫什么名字,长什么样已经无所谓了,重要的是花中寄托着一份情谊。

我笑了笑,继续看书,来自远方的无名小花,为我的心情增添了一抹浓浓的阳光,我,又想起了她……

寒假很快过完了,温佳留下了六篇作文,她上学去了。我相信,慢慢地,她的矛盾会化解的,她也会有中国学校里的朋友的,如果她的语文老师也像我一样欣赏她这些来自西西里的遥远的故事,她一定会喜欢上这边的课堂的。最好作业和考试不要太多,得有机会和时间让这个好奇的女孩去感悟在中国的生活,生活中触动情感的那些瞬间会长久地留在记忆里,慢慢成为她下一段的生活记忆。

像春天一样

秦解放坐在大榕树下的靠椅上,还是那个角度,还是这个时间,正好能在两个树杈之间看到领舞的她,她的背影看上去太年轻了,那个曲线有时候会让秦解放产生一种错觉,那是一位青年舞者,还好清晨的阳光会把真实给到他的知觉,她的头上明显有被照得闪亮的银丝,那暴露了她的年龄。

这一帮练晨舞的大姐大妈以前不怎么让秦解放待见,舞跳得一般,一把年纪了还勉强做少女动作,舞蹈停歇时特别热闹,一群老女人那个七嘴八舌,时而一阵放肆的笑,时而还有惊飞树鸟的尖叫,她们像一群能量充足肆意的八哥,不会在意公园里他人各异的目光,包括常常默坐在池塘边上晨钓的秦解放。

那些舞曲秦解放还可以耐心听,但等到舞曲停了,八哥们开始聒噪,他便无心再钓鱼了。那些声音里有夸自家孙子聪明乖巧的;有羡慕对方老公撒狗粮秀恩爱的;有约起来到某个农家乐拍美照的;有探讨新热门某保健品化妆品的;有交流新买的舞蹈装太紧胸难喘气的……秦解放曾经想过,如果老婆还活着，退休后指不定也会加入这个晨舞团，也跟着这个领舞的老师练舞，每天交一块钱的学费，而后也成为众多八哥里的一只，他一边钓鱼，一边看老婆跳舞，再一起携手回家，可惜，红颜薄命，她已经离开十二年了。

有那么一周，他没有看见那个领舞的老师，一帮人在跟着一位被唤作班长的做复习动作，秦解放间隙里听到一个很集中很沉重的话题——领舞老师的老公去世了，她们在惋惜，在感慨，在讨论去送师公的事宜……秦解放忽然心中也吐出一声长长的叹息，他好像在替那个死去的男人遗憾，这么好身材的能歌善舞的老婆居然无福多享，可惜了。

待领舞老师复出，秦解放开始下意识地去关注她，看看她今天穿什么颜色的舞装，看看她今天教什么新动作，看看她的神情有没有因丧夫而失色。他有时候会丢下他的鱼竿不管，坐在大榕树下的靠椅上，从两个大树杈间探视那一帮练舞的老女人，尤其是那个背对着他身材姣好的领舞者，他会多看几眼。

与秦解放不远处还有两张靠椅，练舞的女人们把自己的外衣与装扇子、水壶的布袋都放在那里，椅子腿上还拴着一只白色的比熊，很乖很可爱的样子。秦解放后来才知道那条小狗的主人就是领舞老师，以前她从没有带狗过来上课，她老公去世后，她身边就多了这条小狗，不知是让小狗来陪伴她，还是她得替她老公照顾这条小狗。舞课散场，领舞老师擦一把香汗，把蓝牙音箱细心装入拎包，牵着她的小狗远去。秦解放记住了领舞老师的名字叫赵秀娟，还记住了小狗的名字叫巴雷，或许就是芭蕾。

那一天，舞课散场的时候，还在钓鱼的秦解放听见几声惊呼："巴雷，巴雷！"是赵秀娟在喊她的狗，他看见几位练舞的女人慌乱中分头去帮助领舞老师寻找巴雷。赵秀娟跑过池塘边，还朝秦解放这边看了几眼，对于她来说，钓鱼的秦解放应该是一个熟悉的陌生人。那眼神秦解放接住了，那是在问他有没有看见她的巴雷，她在向他求援，秦解放放下鱼竿，迅速选定一个方向，去寻找那条非常重要的小狗，他的嘴里开始喊那个熟悉却陌生的名字——巴雷。

秦解放急急寻了大半个西塘公园，他终于走不动了，他坐在梅林边歇息一会儿，他不曾养过狗，对宠物狗也没有半点兴趣，只是今天他有十分的期盼，期盼那条白色的小比熊在他眼前出现。

如果真的能够捉住那条名叫巴雷的小狗，那么秦解放也许就会很幸福。秦解放会将小狗先带回家，不，先带去宠物店给它洗个澡，香香的，抱在怀里，再带回自己的家，顺便买一小包上等的狗粮，可不能让它饿到。秦解放不知道赵秀娟的家在哪里，他看到过她从公园出来往西走。他要等第二天她们晨舞时把狗送回去。他会遇见赵秀娟惊喜的目光，没错，一定会是这样。他得夸几句她的狗，说傍晚找到的，脏兮兮的，临时带回去洗了个澡，很聪明挺乖的，夜里也没吵。她会说什么呢？秦解放在思考。她也许会说："先生，太感谢你了，你不知道这条狗对我来说有多么重要。"她那时候的表情一定比她领舞时还要温柔。

秦解放由此会和这条狗有了联结,以后的晨舞时间,巴雷不再是寂寞地拴在靠椅的腿上,是赵秀娟牵着它过来,远远地喊一句:"秦先生,巴雷交给你了。"秦解放放下钓鱼竿,笑盈盈接过狗绳来,巴雷的尾巴摇得令人眼花,它可以跟着秦先生去遛弯,那是多么幸福的事情。秦解放的兜里会揣一把狗粮,到红日亭那里,走了公园半圈了,给巴雷吃个早餐。等到回到池塘边,秦解放继续钓鱼,巴雷会乖乖窝在他的边上,盯着水面上的动静,如果那个浮标动了,聪明的巴雷会汪的一声,提醒秦解放有鱼上钩。如果巴雷像猫一样爱吃鱼,秦解放愿意将自己钓到的鱼都给它。

赵秀娟晨舞解散后会来寻她的狗,秦解放也收了竿,两人像老朋友那样结伴从西塘公园里走出来,一直到大门口才分开说再见,秦解放向东走,赵秀娟向西行。除了巴雷,他们俩还应该说点什么?关于自己家的孩子,秦解放的儿子很优秀,上海交大毕业,在上海工作,一年才回来一次。秦解放想,赵秀娟如果有个女儿,一定会和赵秀娟一样漂亮妩媚,肯定迷倒了很多小伙子。还可以说点别的,比如秦解放除了钓鱼还喜欢摄影,他年轻时玩过多年胶片机,美能达牌,如今家里有一台尼康单反机,是儿子淘汰下来给他的,如果可以,他会用这个单反机给她们晨舞团拍几张好看的照片,晨曦中,榕树下,池塘边,美妙的舞姿,那样子秦解放一定会受到这一群"八哥"们的热烈欢迎。对了,如果赵秀娟要出远门,巴雷可以放在秦解放家里托管几天，秦解放会非常乐意效劳的……

歇息了小会儿，有点恍惚的秦解放从梅林里出来，又绕了小半圈回到榕树下，他这一路四处张望，走得急，不免有点喘气。他看见了那条白色的小狗！就在眼前，不过，他失去了捉住它的机会，因为小狗正抱在赵秀娟的怀里，听着赵秀娟数落它的话，应该也是刚刚才跑回来或者被谁找到的。秦解放有点尴尬，他着急寻狗的心放下了，却明显感觉有一点失望在胸口弥漫，好在赵秀娟看出来秦解放汗涔涔的样子，知道对方刚刚为她在寻狗。赵秀娟冲着秦解放轻柔地一笑，拿出一包纸巾，说："擦擦汗，先生。"秦解放反而有点紧张，他摆摆手连声说："不热，不热，坐久了，正好活动活动，热热身。"

这个初夏因为多雨，还是比较凉爽的，临走时，秦解放忽然听见赵秀娟说："今天天气真不错。"秦解放一愣，连忙点点头，回答："对，像春天一样。"

面包

疫情还没有结束，唐朝东已经失业了，他的唐朝烘焙店悄然关闭。他原本还想再维持个半年，至少撑到店面租期结束，但现在跟着边上那些米面店、鱼丸馆、包子铺一块关门了。也好，大势所趋，正好找到了一个不再勉力为之的理由，借坡下驴，老婆曼丽请不要再念"紧箍咒"，有愤怒请找新型冠状病毒算账。回去过年的湖北籍面包师老熊暂时是回不来了，前台小芳也回了婺源老家，那就散了呗，等疫情过去看看有没有烘焙爱好者接手自己的唐朝。

道路前所未有的空旷，没有几个行人，偶尔路过的都戴着口罩，白的黑的蓝的，看不清谁是谁，甚至性别，这个时候人基本是中性的，最恨口罩的也许是美女，她的秀色不再可餐。店门口的广玉兰已经开出花骨朵，白色，有点寒意。唐朝东在卷帘门上贴上一张红纸：店面转让，联系手机139********，唐先生。他已经习惯性戴着口罩了，只是眼镜片跟着鼻息起雾是个难题，得经常拿手背去擦一下镜片。今天要回去吃饭，没有地方可以解决晚餐，只是曼丽也在家，他想回避也难。以前，唐朝东可以躲在店里不回去，店里剩下的面包可以当早餐午餐晚餐，边上还有那么多面馆。他乐意和小芳聊聊自己过去的故事和未来的规划，那个时候，他会很受用小芳眼中质朴的光亮，在小芳的甜嘴里，唐哥是一个闯荡江湖、见多识广的能人，看上去又年轻，她相信唐哥的唐朝能够做成品牌，开出连锁，未来指不定还能众筹上市，跟着唐哥可以成为小股东……在今天这些都成为非常遥远的故事了。唐朝东回望自己精心制作的店招，什么时候，那个唐字头上的点已经不见了，唐字成了厂字头，也许在去年的那场台风之后，这个点的失落或许早就是一个不祥的预兆。

　　曼丽最后一次到店里取面包还是去年秋初，唐朝以往每天卖剩下的面包她都会带回去，多的分给闺蜜、邻居，少的当作自家第二天的早餐。曼丽是独女，娘家有一处厂房，父亲年轻时候办过皮鞋厂，现在歇了，拿年租金，这个数目不小，曼丽迟早要接了这个厂房与这份租金，那么下半辈子应该会衣食无忧，所以唐朝东喜欢折腾就折腾吧，只要不伤她的根本。唐朝东家里当年也是本地大户，后来要不是唐老爷投资三亚的房地产项目遇上了最大的股东跑路，他唐公子今天也不至于守着一间半死不活的小店。但是曼丽有时也会生气，看他天天小狗被火烫着了毛似的，不挨家又忙不出个名堂，个别淡季还贴钱帮他发工资，忍不住时就会朝唐朝东撒气："你就是个唐宝宝，不要指望当什么唐总，出去上班给人打个下手你会死！"这话让唐朝东倍受刺激,他就躲在店里不回去,曼丽也是个硬气的主儿,也不等着唐老板发生活费,索性就不来了,她更不担心什么小芳小花的,就唐宝宝那点能耐也就她曼丽跟着倒霉。店里剩下的快过期的面包后来就让唐朝东拿去丢了垃圾桶,附近有几只野狗野猫与唐总的关系倒是越来越亲密。

唐朝东把店钥匙塞在空调外机的保护罩里,他决定不回去了,不管曼丽会怎样想,他想出去走走,到哪里去?他一下子没有想好。守在店里习惯了,平日里几个要好的弟兄聚会,也都是约起来到他店里白吃白喝,那时候唐朝东是极其幸福的,像突然来了活力和张力,哥们几个喝着奶茶啃着酥饼围着唐朝东侃侃而谈,谈什么?几乎无所不谈,有些段子小芳在吧台里听懂了都羞红了脸,那时候唐朝东笑得多么放肆,笑到最后会流下眼泪。他们走的时候,人手一份榴梿千层,带回去给各位的孩子尝尝,唐叔叔的小礼物小点心很受各家孩子们的期待,各位弟兄的老婆也都在兄弟群里夸赞唐叔叔,在各自朋友圈里推介唐朝烘焙,不遗余力。

儿子唐棠却不喜欢老爸店里的面包和蛋糕,这个比较好理解,自家现成的管够,吃腻了;更大的一个原因是唐朝东为了把唐朝面包引入儿子学校,主动送面包到儿子班级,免费试吃一个月,这个事情是儿子极不乐意的,儿子拒领唐朝面包,不理会同学任何的提问与起哄,"喂,唐棠,这是你家的面包?你老爸的手艺真好,能永久免费吗?""唐朝面包,呀!一千多年前的面包,这个面包加了什么防腐剂啊?哈哈哈……"唐棠看见唐朝面包被当成"手雷"投掷，有被脚底踩扁得像一坨屎的，垃圾桶里还有好多咬了一口就丢弃的。免费的，每天都有，无人珍惜。发剩下来的堆在教室角落，第二天被送新面包来的唐朝东悄悄收走。唐朝东似乎也嗅出了儿子有情绪，他在教室快进快出，从来不敢去和儿子与他的同学打个招呼，装作不认识。回到家里，儿子都不搭理他，问话，都是冷冷地避开，他伤到了儿子什么。曼丽提醒了一句："别再去送什么面包了！儿子不喜欢，人家李帅的爸爸被老师请去给孩子们开普法讲座，你的面包却是免费的。"唐朝东放弃了将唐朝面包引入儿子学校的想法，不过，答应老师的免费面包送满了一个月。

  唐朝东觉得自己应该离开这里，走远一点，越远越好，开着自己的老本田，唱着一首最喜欢的歌，去看一看大海。他最喜欢许巍的《曾经的你》，感觉那首歌是许巍给自己唱的："曾梦想仗剑走天涯，看一看世界的繁华，年少的心总有些轻狂，如今你四海为家。曾让你心疼的姑娘，如今已悄然无踪影，爱情总让你渴望又感到烦恼，曾让你遍体鳞伤。走在勇往直前的路上，有难过也有精彩。每一次难过的时候，就独自看一看大海，总想起身边走在路上的朋友，有多少正在疗伤……"唐朝东有难过吗？有，好像又有点麻木了，需要疗伤吗？好像不需要，他老唐这么多年都这么过来的：接手老爹的鞋厂，轮到自己做主了，销路打不开了，改给人家贴牌，后来四处讨货款太累，还被人打过一回，伤了肋骨；后来用鞋厂转让的钱投了几辆出租车，那时候一辆出租车的营运证就价值百万，唐朝东以为可以过过收租公的太平日子，没想到一辆车夜里撞残了一位老太太，司机送老太太到了医院就偷偷跑了，空车停在医院门口，善后的事情全归了老板，唐朝东气得把车全出了，跟着老爹投了三亚的房地产……从房地产里折戟回来开唐朝，他潜意识里似乎很明晰地预料到了今天清冷收场的结局，只是现实中的坠落比想象中的更加迅速。当年，他不甘心落寞，不甘心背到家的运道，或者说想去证明什么，内心有一股反抗的力量推动他去做一个逆行者，即使曼丽是以离婚相逼，他还是做了，开张了，就像上了一个停不下来的跑步机。唐朝东每天都在做他的唐总，曼丽也没有真的和他离婚，却默默在她的微信上建了一个唐朝烘焙群。

老熊那边怎么样？小芳还会不会记得我？我曾经说过要带他们去看海的，这个城市向东五十多公里就到海边了，可是两年来，唐朝东没有空日子带着他的两个员工去看一看，总说等着放假，等着等着，等来了疫情期这个大假，现在要跟着他看海的两位都宅在了家里，什么时候回来是个未知数，回来再没有唐朝是一定了。唐朝东坐在车里，冷冷地抽了一根烟，空荡荡的街头很像他此刻的思绪，偶尔路过一个戴着口罩的人，在他眼里像是来自另一个世界的外星人，有着坚硬与冷的壳，那种眼神都是充满戒备与敌意的。唐朝东点开手机，犹豫了不到三分钟，他在支付宝上给老熊和小芳各发了一笔钱，这钱本是打算等他们年后回来的开门红，唐朝东从来不欠工资不欠店租不欠麦粉钱，他欠老婆曼丽不少钱了。他们两个回不来，回来以后也不知会在哪个店里做,唐朝东却要固执给到这份钱,再没钱也要给,这个世界上,他亏欠的人也许就是余曼丽,这个生气时喊他唐宝宝,口口声声要跟他离婚的女人。唐朝东的支付宝账户上还有 1605.7 元余额,下个月 10 日他要还花呗上的 4610 元。

微信上很快有了信息,小芳回复了一串扎眼的爱心加上"唐总,我爱你,一解禁,保证最早回到店里",还发来一张她在老家门口的照片,她和她弟弟夸张却朴实的自拍照,没有戴口罩,那天真无邪的表情是唐朝东喜欢的。也许小芳是唯一一个坚信他的人,她忙碌的小身影像鸟儿一样飞进飞出,导购、泡奶茶、打包、结账,终于歇下来,隔着玻璃窗支着腮帮子,借着落日的余晖看橱窗外徘徊的野狗剩蛋和旺财——黑一白两条狗,偶尔有顾客会被它们吓到,但是唐朝东没有驱逐它们,名字是他取的,仿佛这两只狗就是他养的,是唐朝的一部分,小芳说过一句话让唐总一直回味:"唐哥,你这么有爱,一定成大业。"

老熊没有及时回复,这个面包师也是个好人,唐朝东试过两个面包师,只有老熊下班不会把面包夹带回去,做活也不会偷工减料。老熊曾经坏了唐总一个大单,一个小学的总务来订购面包,把面包的成本价压到很低,总务还要拿走报价到成本价之间的差价,还要开发票。唐朝如果要有利润,必须在成本上继续压榨,毕竟需求的总量还是比较大的,但是老熊就是坚持说这个成本做不出他要的面包。这一单还没反应过来就黄了，唐朝东后来有点急，他是宁可赔一点也要做出广告效益的，一个小学的点心供应可以引来更多的小学签约，这个方向一根筋的老熊想不到。老熊就是个匠人，把面包当作品，唐总很无奈，现在想来，老熊真的是个好师傅，虽然唐朝的生意在那几个大品牌全市连锁的大店面前是小儿科，但是从来没有人会说东西比他们的差。

老熊打回来一个电话。

"唐总，我，熊必坤，我暂时回不去了。"

"家里人都好？"

"好好，天天戴口罩，发现有确诊的，吓死我们嘞。"

"我们的店停了，和你说一声，安心宅家，刚给你发了点钱，你临时救急用。"

"唐总，我……我无功不受禄，回头我还回去上班。"

"保重……"

…………

听了老熊说的，唐朝东这个时候才警觉起来，估计自己刚刚起意的出去走走也走不了了，他要去看大海，车能开到那个岛上去吗？路口应该也封道了，唐朝东的车没有点火，他把口罩撕了下来，狠狠地呼吸了几口自由的空气，他忽然觉得有点窒息。

唐朝东的车就停在烘焙店对面的马路边，他没有回家，他把手机关了，也没有回到店里，睡在老地方上面的阁楼里，他在车里坐了一夜，其间昏昏沉沉，醒了再睡，睡了再醒，夜里有点冷，却很安静，城市像是清空了，那些原本夜里活跃的人也都销声匿迹，路灯寂寞地亮着惺忪的眼。天快亮的时候，唐朝东做了一个梦，梦见自己开着一艘船，在一片蓝色的海上，小芳哈着气擦着玻璃窗，老熊做了一个很大的奶油蛋糕，好多认识的孩子等着唐叔叔来切蛋糕，曼丽居然是笑盈盈的，还帮着点蜡烛……

笃笃笃，有人敲着车窗玻璃，唐朝东醒了，这个人戴着帽子和口罩还有眼镜，严严实实的，不过那不怒自威又带着怨气的眼神太熟悉了——曼丽。他缓缓摇下车窗，无奈间打了个长长的哈欠，不知作何解释好，只听见曼丽在口罩里很含糊的一句："唐宝宝，回家！"

诗人

原先村里没有菜场，后来北岸的旧城拆倒了一大片，外来务工者纷纷过桥到南岸来租民房。人多了，村口冒出个小菜场，生活便利了，却也脏了不少，路边有乱扔的垃圾，一半的路面停满了车，展示各地牌照，人的聚集有了生意，当然也会带来许多副作用。

童忠文住城里，他到村里来找民房住是为了妻子，妻子的肺做了手术，需要好一点的空气，村里保留的一部分田野与可以眺望的江和远山让他们喜欢，日常气温又比热岛效应的城里低个一两度，能不开空调的夏夜是很舒适的，田野上会有清新的带草香的风拂来，蝉鸣、蛙鸣，这些聒噪也渐渐适应了，正是诗意田园。童忠文喜欢写点小诗，他准备要出本小诗集，当年在华东师大，他是文学社的活跃分子，只可惜后来他做了外贸，诗歌可以怡情但不可谋得温饱。如今他靠公司的分红养老，等到领退休金的年龄，健康是第一要务，而有闲住到村里，过一种城里人看起来羡慕的隐居生活也是很不错的。

可是，童忠文已经近一个月没有去村里的小菜场了，菜都是开车走绕城从市区带回来，他不敢再去这个他曾经觉着很亲切的小菜场。现在他觉得那里有一种潜在的危险，他得兜里藏一把瑞士军刀甚至戴个安全头盔过去，即便现在疫情后期还得戴口罩进菜场，都像是蒙面人，他还是感觉会被那个做豆腐的黑瘦木讷的男人认出来，万一他一着急一失控，操起什么家伙砍将过来，自己是抵挡不住的。他童忠文一介书生，手无缚鸡之力。可他又觉得委屈，为何要怕？他和这个卖豆腐的小施之间没有什么不可告人之事，只是小施会喊他童老师，给他的豆腐不论多少一概两元，有时候会轻声提醒："这个豆腐泡不要买，昨天的。"唯一有点说法的是微信支付之外童忠文加了小施的微信，他们在微信上有交流，小施看到了童忠文朋友圈里的诗歌，点了赞，有一天，她特意把自己写在小纸片上的诗歌发给童忠文看——那些诗歌写得像白开水，像正能量歌词，比如"山高水长家在远方，妈妈啊，我在梦里和你相望""我的皮很薄，心像豆腐一样软"，很直白，大实话，童忠文却觉得很难得，一个卖豆腐的还有点文学追求，有热爱比水平重要。他会发一些诗歌，尤其是儿童诗的链接给小施看看，跟她说从模仿开始，推荐了日本的短命诗人金子美玲，还有那个著名的网红诗人，写《穿过大半个中国去睡你》的脑瘫患者余秀华。小施高兴地说余秀华是她老乡，一个镇的。怎么会这么巧？童忠文感觉余秀华那个镇出来的女人都不是一般人，他对小施有了一点关注，准备引领她写几首像样子的诗，帮她在区文联的内刊上发一下处女作。

去年过年前,小施在微信上留言:"过几天我们要回老家了,老师哪天来买菜说一声。"童忠文如约去买菜,小施送了他一叠金黄色的豆腐皮,不收钱。童忠文惊讶,不肯,问价钱,小施轻声说:"无价。"童忠文不好意思,年后等小施回来,准备送一本自己喜欢的诗集过去表示感谢。疫情原因,小施他们暂时回不来了。直到四月份有一天买菜才见到了小施:"回来了?""回来了,在家里宅太久了,终于搭上车出来了。""我有两个月没有吃豆腐了,"童忠文回答,"对了,明天送一本书给你。"

第二天,童忠文记得送书过去,那一天小施有些拘谨,边上站着一个黑瘦的男人,双眼无神,像个肺痨病人,这让童忠文有点不适,也不管他是谁,买了豆腐放下书就走了,小施说了声谢谢,不愿收两块豆腐钱。过了三天,有个陌生人加童忠文微信,童忠文没有通过,他一般不会理会这些莫名其妙的陌生人。傍晚,小施的微信有留言:"老师,我是施红的老公,我告诉你,施红有病,你不要再教她写诗了。"童忠文明白前面加他微信的是谁了,他拿了小施的手机发来警告了。小施有病?童忠文没发现她有什么异常,觉着奇怪,这是什么说法?他头上起了雾,心底有了气,这个男人忒小家子气,想把小施的微信删了,可又为小施叫屈,这个站在豆腐摊里的女人,就不能有个业余爱好?一犹豫,手指头打住,暂时没有删,倒想看看后面的事情。第二天,童忠文没有去菜市场,果然小施的微信上留了一段话。

小施的留言："童老师，我老公偷了我的手机，发微信给您，说了胡话，老师见笑了，最近，他又在逼我吃药了，他和他家里人都说我脑子有问题，我没有病，我就想写几句，我老公说写诗歌不挣钱，我不是余秀华。"

童忠文吓了一跳，她老公在逼她吃药！这可不是小事情了，如果是我造成的误会闹出事端来，这个责任不小。他想象不出这是怎样一个状况，她真的得了什么病？吃的又是什么药？难道这个爱写"妈妈啊，我在梦里和你相望"的女子犯了浓重的乡愁？童忠文感觉自己也许真的不小心把她的哪根神经触碰到了：一个卖豆腐的女子在小便签上用铅笔涂鸦的所谓诗句，自己欣赏了，还给她评点，还要鼓励她发表，我这是给了她什么东西？她会到吃药的地步？童忠文第三天去菜市场时惴惴不安，看小施的眼神里含着内疚，小施那个样子看上去没有大的异样，只是眼睛中少了往日的神光，笑起来也很牵强。童忠文问："你要吃什么药？不能乱吃啊。"小施轻声回答："就是想多了有时候偏头疼，疼起来难受，他就让我吃药，我也不想吃。"童忠文离开时说了一句自己也觉得很冷的话："写诗歌是没有用的，不挣钱。"这话多么言不由衷，却刻意要说出来，去避免什么，像要把一扇打开的小窗用力地关上，童忠文一向是个不太勇敢的人，他头也不回地离开了，之后，他就舍近求远，到市区去买菜了。

小施在微信上还会给童忠文各种留言："老师，你好久没有来买豆腐了;我的头原来不疼的,从老家出来做豆腐,被这里的人吃了很多豆腐;原先在市里的一个菜场做,被本地占了摊位赶走了,才到了村里;本地那些女人故意说我犯花痴,我没有,她们是故意的,可是我老公信了,他打我,玻璃门都撞碎了,我的头上都是血;我写诗,如果能算诗,我也就是想写,我知道诗歌不挣钱,老师,我哪能像你们文化人那样,我每天一早站在摊位上,下午补觉,半夜起来磨豆子,我的日子就这样重复,我只是想写两句,像苦命的余秀华一样还能写一点,这样的日子还有一点光;老师,我不能再在微信上给你留言了,这些留言我都要删掉,我老公会说我又犯花痴了,我又得吃药了……"

  童忠文默默读着这些留言,他不知答复什么才好。他却是再不敢到那个小菜市去,他怕的不仅仅是那个双眼无神、像个肺痨病人的黑瘦男人,他更怕见到这个卖豆腐的女人,和他说了那么多的小施,他为她做不了什么,她被迫吃的药停不了,他无力去阻止。诗歌真的是无用的,童忠文觉得自己也是无用的。这个事情童忠文和老婆说过,以前老婆也批评过他:"你不要情怀泛滥,还要教菜场里的所谓外地女粉丝写诗,一个卖豆腐的能写诗歌?"现在,老婆给他的是警告:不要引火烧身,小心被卖豆腐的小施老公报复。童忠文也就不敢再和老婆讨论这些,他悄悄把小施的留言复制下来,存在一个文档里,留着,心想以后也许会有用,至少可以做小说的素材。他后来发现手机上小施的微信被人偷偷删除了,他当然知道是谁干的，却不作声。也许早该删除了她，童忠文想起来老婆的肺里还有几个小结节，不能让她担心。

今年春天的疫情没有像去年那样紧张，但是进出菜市场还是要戴口罩、测体温、出示健康码。童忠文不像以前那么喜欢去买菜了，他有半年没有再去这个小菜场了，那里成了他的禁地，爱吃豆腐的他也很久没有买豆腐吃了，吃豆腐现在会让他难受，他会不由自主想起一个人，他会觉得歉疚和无力，这种感觉会让他胸口闷堵，这个样子反复了多次，他都觉得自己近乎有病了。童忠文的老婆也发觉了他的不对劲，年后她特意去了一趟小菜场。她回来特地告诉童忠文，那个豆腐摊上的女人不见了，听说年底回了老家，没有回来，那个摊还是在卖豆腐，换了一个摊主，是个本地人。童忠文倒没有觉得意外，也许他们那边暂时还过不来，或者，他们就不愿意再过来了，他忘不了她老公那无神的目光，这个看起来黑瘦木讷的男人，有一种可怕的冷，他不会放过自己的女人。小施也许还在吃药。不过，好在童忠文可以再去这个小菜场了。

童忠文在阔别八个月零五天之后重回小菜场。他迈入小菜场的第一步便看到了那个卖青菜的本地女人丽娟，她的菜都是她和老公自家田里种的，叶面上洞孔很多，号称不打农药虫子咬的。丽娟见着童忠文，连忙和童忠文打招呼："老师，好久没来啦。"她还悄悄做了个手势指了指对面的豆腐摊，低声说："老师，你都不来买豆腐啦，小施都走啦。""小施回去过年没有回来？"童忠文问。"哪里是没有回来，小施和她老公出事了,小施闹离婚,后来被送老家的精神病院了,关起来了。"丽娟嘴里啧啧作响,像是表达无奈与惋惜。童忠文问:"她……她真的有病?"丽娟说:"我也没看出来,不过,还真的像有病,她以前在便签上写了很多乱七八糟的字,我是看不懂。"童忠文心里咯噔一下,他明白那些便签上写的是什么,那些铅笔写的歪歪扭扭的字,叫诗,他好多都在小施的微信上见到过,后来微信删了,这些写着诗的照片也没了。"你能联系上她吗?""我有个号码,以前小施给我的,不知道现在有没有用。"童忠文把这个号码记在自己的手机上,署名豆腐。他在丽娟这里买了两种蔬菜,包括他们家的鸡蛋,这些样子很普通的鸡蛋装在一个藤编的篮子里卖出了本地蛋的价格,以前童忠文不会买,今天特地买了两斤。童忠文觉得自己犯了一个严重的错误,当初就不该加小施的微信,不该对她开放自己的朋友圈,更不该和她谈什么诗歌,这个该死的诗歌让小施吃了很多药,现在还进了精神病院。丽娟所说的如果属实,那真的是太可怕了。童忠文丢下菜,一个人出了门,在前沙湖的堤坝上走了很久,一直等到连续打了几个喷嚏,才发现自己的外衣落在了家里,他冻着了。他在心里琢磨,要不要打那个号码去过问一下,如果电话通了又该说些什么,他没有想好,如果电话是她老公接的,他又该给他做怎样的解释,他也没有想好,也许会越解释越糟糕,和一个做豆腐的外乡男人,其中的情怀和诉求能说清楚吗?诗歌不是豆腐,在那些人眼中,诗歌连买菜时附送的葱都不及。

童忠文把手机打开，把这个署名豆腐的号码一个数字一个数字地慢慢删除了，他什么也帮不了。他还是决定，明天开始，不再去这个令他失望透顶的小菜场了。

墨镜

摘下墨镜,还是有点冷郁的眼神,含着淡淡的忧伤,冷得让想上前去说几句暖心话的人都少了动力。好吧,你还是这个酷样子,十二年了,这是我再一次见到你,举着杯子想去和你碰一杯,可是我却在迟疑着。你还是那个安静的美人儿,不知道这些年里哪个男人俘获了你的心,融化了你的坚硬,只有我觉知过:你的内在也曾有着温泉的流动。

高三,你我同桌,桌上放着太多的书本练习,拥挤让两个人的手肘时而触碰在一起,我没有退缩,你也不言语,似乎都忘记了自己的皮肤知觉,是忽视了,还是习以为常,我说不清楚,却是很享受那有点痒有点暖有点颤的触感。许久,手肘彼此依靠着,谁也不主动离开,有时候直到下课铃声打响。这样的触碰多少会让复习分心,我有时悄悄转头去看你的反应,你只专注看书或者看黑板,不理会,手肘处贴住的皮肤,难道没有触及你的神经,是装作不知还是真的没有感觉?这是我记忆里长久的疑惑,在很多年后想起你,手肘上还有麻酥酥的异样。

同学会的拍照环节，我特意走向你，邀请你来一张合影，在九曲桥上，你默默地随着我的脚步移到了桥边，背后是一片竹林，远处有连绵起伏的罗山，桥下的水塘在风中也起了波光。我们的手臂又依靠在了一起，比十二年前任何一次都更紧密。你没有言语，只是微微启齿，像藏着一个不愿表露的笑。在摄影师喊再靠近一点喊茄子的时候，忽然，扑通一声，有什么落水了，我转头望着水面，有涟漪泛起，不见有什么东西。你猛然转身面向我。

"我的墨镜落水了，你还我。"

我吓到了，刚刚是有什么东西在你手里握着，应该就是你的墨镜，拍照时手放在桥栏上，我这一靠近一拥挤，偏偏就把这墨镜挤落了。这么巧，怎么办？这水塘看着也有两米深，如何能找得回来？我望着那水面许久，水色黯淡了许多，似乎浑浊了。边上的同学说让我给赔个新的墨镜，你说："不行，我就要这一副。"副班长如今正好家里办眼镜厂，他拍拍胸脯："美女同学，饭后到我厂里，墨镜随你选，年度最新款。"你摇摇头，我看着你的眼中似乎有一点泪光，那一刻我有点慌，听着你嘴里轻轻飘出一句："这墨镜是我的定情信物，不可替。"啊，这真是苦到我了。幸好水塘不大，我会游泳，这日子也是初夏，我就下水把它给找回来。我脱了T恤和长裤，只留一条裤衩，光着脚要下水。起先还起哄要我下水的同学这一下却拦住我说危险；有同学连忙向你求情，请你放过我，你竟是没有改变，只是冷冷地转过身去，把一个背影留给我。

我下水了，没有水镜协助，潜入水中的我睁不开眼，只是伸手在暗的水底摸索一番，过一会儿出水面换一口气，再下去。我听见水面上同学的喊声，他们或指点方位，或提醒安全，或拍照，这个农家乐的店家也取了个网兜过来帮忙打捞。待我力竭，水淋淋地空手出来，无可奈何地承认自己的失败，听见同学开始数落你的任性、言说我的认真。我到洗手间里擦了身体，丢了裤衩，光着穿回长裤与T恤，我出来时好像看见你的暗笑，有一点得意满足，甚至有一点幸灾乐祸的意味。我倒有点恼了，我说："明天，我一准把它找回给你，不信我把这个池塘抽干了。"你在报复我，我有一种感觉，你是故意的，可我没有什么欠你的，除了我触碰过你的手肘。

第二天，我请了单位里的潜水爱好者大陆回到这里，大陆设备齐整，玩深潜的，这个小水塘对他来说小菜一碟，不到十分钟墨镜就出水了，完好无损，清洗干净，大陆留下一句疑问："这是什么宝物，需要这么大海捞针？"我隔日要请大陆一顿农家乐。墨镜，我得马上把它送还给你，照着同学会上留下来的号码，联系你。你说："好啊，你还真找到了，我不在本市，墨镜你就先留着吧。"那可不行，我心头正有一股火，我一定要物归原主。我说："你把地址给我，我快递过去。"

后来，我没有把墨镜交给快递员，自己亲自送到你给到的地址，因为我好奇，非常好奇你现在的生活。门里出来一位老人，看到我递上你的墨镜，一脸欣喜。老人问我："你是她说的那个男朋友吗？"

老人是你守寡多年的妈妈，她悄悄告诉我，你今年三十一岁了，还单着，如果对你有意思，那要抓紧啦，我不知所措，只是点点头。

落寞地下楼，走了出去，离开前，我抬头望向你居住的那个六楼的窗口，纱帘后面好像有一个身影，是你吗？我没有看清，因为那脸上似乎戴着一副墨镜。

窟窿

南面窗外是一片小花坛,花坛无花,蔓生野草,之外是河边步道,步道之外是这个小城曾经引以为荣的坦河,可惜这些年水污浊了,旱季会闻见一点味儿,得等着一场大雨把那味儿稀释,给河水一点生气。

刚刚迁入 104 的是一对退休夫妇,先生是剧团拉小提琴的,清晨傍晚时分,听其房中隐隐有琴声轻诉;女士是舞蹈团的,看她的背影,其窈窕身姿会被人误认作青年女子。这一对文艺中老年的加入,似乎给这个旧公寓楼添了一分新鲜,很快地,他们陆续所做的改变更是给楼下小花坛补上了点文艺气质,这让楼上边上的邻居都惊讶到了。

他们给这个小花坛清了野草与垃圾,加入数盆花,花的名称别人也不识,只是粉的、红的、黄的好看,重点是他们添了一套户外的藤桌椅,桌子中间有一个圆孔,孔里头生出一把绿色条纹的遮阳伞,阳台开了个小口,铺了几块小石板,走五步,第六步正好走到这个伞下,两口子常坐在伞下,饮茶,看书，先生偶尔还拉上一曲。这画面再让午后的阳光渲染一下，简直是有点小梦幻了，旧小区不起眼的小花坛就这么一打理，有了些许田园生活的味道。散步过来的邻居纷纷驻足注目，甚至还有摇头叹息的：我怎么就想不到呢？

日子并没有像他们夫妻那样安详平和，有一天，先生坐在伞下，感觉有一束漏光，抬头看，伞顶霍然出现了一个窟窿，边缘有烧焦的痕迹，摘下伞细看，那窟窿是烟头的"杰作"无疑，谁丢的未熄的烟头？这楼上可有六层住户，去一一查找？先生没有这个耐心，估计也没有人会认领这个烟头，反而与楼上的邻居都有了芥蒂，毕竟这楼下的花坛本就是公地，原先隔三岔五会飘下不少垃圾，纸巾、瓜皮、糖纸……当然也有烟头，他们一一默默收拣了。女士生了闷气，先生说："要不把这伞送去补一补，难看点没关系，算多了一个记号。"后来，这个带着窟窿的伞竟然没有拿去补，只是撑开的时间少了，夫妻俩坐在伞下的时间也少了，他们应该是不愿去补那个窟窿，心中不平，也缺了坐在伞下的兴致，那个窟窿好像把他们的什么东西漏没了。

物业的老秦却找到拉琴先生，说是有邻居反映他们私用公地，先生回复："花坛原先野草没足，时有垃圾，物业稀少管理，我自费打理了，栽花，放置桌椅，欢迎大家都来坐坐。"先生一向温文尔雅，客客气气，老秦听来也觉着是个理儿，也就不再计较。

可是这个小窟窿还没来得及补上，没隔多久就又冒出了大窟窿——户外藤桌桌面一夜之间破了两个大窟窿。这种户外藤桌椅是一种塑质仿藤，耐日晒雨淋，如何一年不足就爆裂开口了？细看缺口，明显有剪刀铰过的痕迹，两个大窟窿像两个狰狞的黑洞，把跳民族舞的女士吓哭了，先生慌乱着连忙把她扶了回去。邻居从楼上往下看，那张藤桌因为两个大窟窿，很像一张被挖去了眼睛空洞着的可怕的脸。

假设烟头将伞烧出窟窿是一个意外，那么这桌子上的两个大窟窿绝对是人为，只恨这一片没有安装监控，不然定会拍到什么人夜里鬼鬼祟祟很阴暗的作为。有怎样的恼恨才能有这般的力度，一定要把这完好的桌子铰出两个硕大的窟窿来？边上断开的藤条破口扎手，很像愤怒张开的犬牙，要把什么狠狠咬下来。这个事情报了物业，物业老秦报了警，然后还是不了了之，没有证据，警方说放在公共地上的私人财产要自行保管。

老秦这一回坐不住了，他开始帮拉琴先生想办法，先是在楼道口贴了告示，提醒住户请勿高空抛物，请爱惜他人财物；再坐下来逐个分析楼上边上住户是否存在"作案动机"。楼上住着的一户中学教师家庭和一户劳动局干部家庭先被排除，有头有脸的应该不会去羡慕嫉妒恨人家得的一点好处。一户开出租车的和一户在公司做小会计的，有可能吗？也不很像，他们忙啊，忙生计，连在家烧饭的工夫都没有，哪有时间坐在阳台上对着下面的伞和桌子使心眼？那就剩下二楼的那一户外来租户了，这个川菜馆厨子有点怪，中午出去上班，晚上回来很迟，没见老家过来老婆和孩子，还曾经因为装修，水漏到了先生家，先生提醒了几句,也没让赔钱,就是女士冲他说了两句生气话,会不会因此结了仇?不至于吧,一个外乡人,敢在本市撒野,借他一个胆试试。对了,那个打电话来投诉拉琴先生私用公共地方的邻居是另一楼道楼顶的,最近他们也开始在打造自家的楼顶花园了,也有所得了,不会和自己过不去吧?这个排除法排到最后没有一个邻居像使坏分子,他们平日里在楼道上进进出出,遇见拉琴先生和舞蹈女士都是笑盈盈的,问好,点头,甚至不忘夸赞先生的花漂亮。解决的方法最后是物业在这一片加了个监控头,这一下只要再出手定能抓到"凶手"。

这个桌面也没有补救,先生给罩了一块淡黄色碎花长布,压了一块大小相等的玻璃,窟窿藏在了长布下方,玻璃映着树影,这桌子乍看反而更添诗意了。然而,这么诗意的桌子,再见不到女士出来安坐了,有了监控,先生起先是放心了,可是女士再也不安心了,她反感有一个监控头罩着他们,所有的举动、姿势、表情都被镜头后面的人窥视着,哪还有从容的心境。还有一个更强烈的难受是她不愿再面对这张桌子,当先生过两个月清理桌子的时候,把玻璃拿开,取下桌布去洗涤,那一刻,重见天日张牙舞爪的两个大窟窿又会惊到女士,她会失态地战栗,几乎陷入晕厥的状态……很快,先生也不安心了。

一年后,他们搬迁了,离开了这个伤心地,有窟窿的伞和桌子据说都让小区的清洁工运走了,当垃圾处理。搬家的时候,先生和老秦道别:"我们不生气了,也许那个谁心头淤积了许多苦和怨,正好借我们的桌子发泄了。"女士说了一句颇带哲理的话:"自己的生活,不该让别人看起来太好。"

空房子挂在了中介那里,常有客人来看房,见着阳台前的小花坛,花坛无花,野草蔓生,有的会说:"可惜了,这个小花坛,要是清理一下,种上几盆花,摆上一套户外桌椅,再撑一把遮阳伞,坐在伞下喝茶,该有多好。"

淤青

这是一个接近真实的笑话，关于我的手，它们在被注意那一刻开始，我便觉得它们似乎不再属于我了。它们的颜色不是以往的红润，竟然是发青，甚至透着幽蓝。我原本并不在意，却被同事伸出的几双手一比，心头开始发凉。这是我的手吗？几乎如同死尸的肤色，而且不温暖。这是冬天的早晨，刚刚从室外进来，房间里没有暖气，这手的冰凉应该算正常，但冰冷却加剧了我的怀疑。我是不是有病？同事的目光在那一刻也变得奇异起来，我的手吓住了他们，他们略带同情地安慰着我："你要去看看。"

去看看？10月份刚刚参加单位的统一体检，除了甘油三酯偏高一点，医生提醒少吃肉之外，没有其他异样。当然，体检的准确性值得怀疑，这种流水线一样的快速检查能够做到细致吗？除非有明显的肿块或者阴影。我的一位同事被检测出甲状腺肿瘤，立即手术，这位老兄立即失去了往日的谈笑风生。身临险境，人的心理防线好比薄薄的窗户纸。难道我这个是血液上的毛病，是一种慢性的血瘀？在二医重症监护室的同学来方曾经在酒桌上告诉我们一个常识：重症病人的日子还有多少，看他的手部肤色。如果手部的皮下出现明显的淤青，那么这位病人就要立即准备后事了！我的记忆里清晰地弹出来方的这一句提醒，相当恐怖。

手上的淤青难道在提醒我，我的日子也所剩无几？这种紧张曾经在所谓的"世界末日"那天出现过调侃性的几秒。眼下，无法解释的淤青把这种紧张结结实实地送到我的心脏，我感觉到了胸闷。胸口的堵之前我是多次体验过的，那是在儿子惹我生气的时候，我往往会爆发一下，这个忤逆的小子，总是要争胜，很像他那位后脑勺有反骨的外公。我爆发的时候会失控，一改往日的斯文：声音高起来，踢桌子、摔凳子。而后是感觉胸口堵，这种堵也许就是这种淤青的终端反应，说明我的心脏功能出现异常。查过百度，"手发紫"的判断是血瘀，血液循环不善。那么这种状况就是对症了。我这久坐办公室的工作，血液循环不善那是逃不过的，虽然早晨也偶尔会活动几下，跑步机上看看iPad，近乎是摆摆样子，心理上的自我安慰，我也有健身的。我曾经在武侠小说中读到鬼手的情节，闭关修炼成精的高手，那透着幽幽冷风的鬼手就是这种青色，冰冷坚硬如石，冷酷锋利如刀。手无缚鸡之力的我如何练得这般神功？或是读小说走火入魔，梦中学得什么邪招？这真是奇异。不会有什么奇迹发生吧，我担心我这青色的手会渐渐僵硬起来，最后成不了所向披靡的鬼手，倒要截肢成为残废了。

老婆叫我不要吓唬她，手上的淤青似乎洗干净了，但没过多久又出现了。放灯下仔细观察，连那指甲都有发青的迹象。情况比原先预想的也许更糟糕。"明天你就请假去做个血液检测和心脏B超。"老婆的脸色非常沉重，像窗外的阴云。她等不到明天了，当天晚上就拉着我去了楼下邻居家里。他主治动脉硬化，和许多老人打交道。我的手被他在灯下细看，问我有没有麻的感觉，我感觉有又感觉没有。我说："以前电脑弄多了，那个右手的食指有时会有麻。"他告诉我："这个问题不大，可能是毛细血管痉挛，有些人就是这样的，冬天里血运行不畅，注意手部保暖吧。"我问要不要吃点补血的东西多活动手指，他说没用，等天气暖了会自己好的。自己会好？这不会是一种善意的谎言吧？因为这种安慰病人的谎言以前我也说过不少，面对重症中的亲人、朋友，讲讲宽心的话，说几句一切都会好起来的话是不用多打草稿的。

回家时，我注意到老婆的神色不对，似乎有什么话隐瞒着我。我那时候胸口的堵好像也回来了，儿子今天并没有惹我生气，但这种感觉就是很明显，胃里面也有一点异动，连着嗳气。老婆给我泡了一个热水袋，放在胸口捂着。那个样子别人看着一定很滑稽，我的前胸的左面鼓起，像有一只丰满的乳房。热水袋的温暖慢慢传递到我的心房，感觉那郁闷宽了一半，我再看看手部，那淤青却依然在。听见隔壁老婆在打电话，一定是有什么话不想让我听到。老天，我真的要面临绝境？这种惧怕竟然愈加清晰起来，我忽然想到，要不要先写一份遗书？12月21日"世界末日"那一天，据说有老师让孩子们每人写了一份"遗书"，叫作对死亡的思考。我也要正式思考这个人类永恒的命题吗？我才39岁啊。

老婆回来说："我刚刚和曹医生通过电话了。"曹医生是她朋友的父亲，本市著名的肝脏科中医。"曹医生说，要看一下你的脚，是否也有淤青，还有舌苔，明天最好去做一个心脏CT，担心是心血管不畅。"对了，我怎么忘了看我的脚了。赶紧脱下袜子，脚部的皮肤很是争气，白净有血色。这说明我的病还不太严重，至少还没有发展到全身，应该是还不到"转移"的地步。还有舌苔，吐出舌头，仔细让老婆观测，她没有看清什么淤青，却说闻见了一股特别的臭味："你的胃里有毒气啊？"老婆退开了，捂住了鼻子。有这么臭吗？我自己却是闻不到。这种我自己闻不见的臭气是否是我病入膏肓的另一种征兆？

入睡前，我们聊了很多，关于工作忙碌带来的焦虑、儿子叛逆期要给予的宽容，还有早些年的打乒乓球，运动最好要正式恢复起来……好像有很多话等不到明日再说，好像其中还有了很多反思与醒悟。我说睡吧，我不怕死，人难免一死，阎王爷看中你了，也就是先走一步了。谁也不知道自己的命有多长，如果每个人的生命长度上帝都已经在他（她）出生的时候划定，那么他（她）长大后的生活态度也许会认真许多，计算着自己余下的时日，惜时如金便不必去提醒，对争名逐利也自然会看淡许多。然而，这种"划定"目前不会有，更多的人潜意识里都觉着自己拥有漫漫无际的生命。其实，每个人的生命都在"倒计时"，现在，我的生命只是开始了比较明晰的"倒计时"而已。

那一晚睡前，我像个哲学家，絮絮叨叨的，思绪飘飞在空中，似乎穿越了前生来世，洞悉了生死之间的什么秘密。老婆却是很小心地回避谈我的手的问题，似乎她已经忘记了它们的不正常。我艰难睡着，之后做了一个怪异的梦——黑暗里，我在爬一座高山，背着一个很重的包，山路茫茫，山顶上有一处光亮在招引着我，那光亮处传来遥远的温暖的歌声。那就是归宿吗？那就去吧。可是那上去的路总是走不完，走完一段又生出新的一段，我精疲力竭了，踉踉跄跄，长吁短叹着，想要放弃，回头却见已无退路，除了深不可测的迷雾和暗谷。我出了一身汗，这汗竟是冰冷的……

第二天，醒来时发现自己还健在，看看那房间四周的摆设，是在自己家。老婆在我吃早点时说她昨夜失眠了，她忍不住苦笑着说："昨晚我试探你的呼吸，你晓得吗？"试探我的呼吸？她竟然担心我会睡过去。去年市政府里一位领导秘书英年早逝，据说也是一睡不醒，这位秘书的妻子是老婆的初中的隔壁班同学，不熟识，但也算知道。这个坏消息估计在老婆的内心留下了一片阴影，在这个冷冷的冬夜里，这一片阴影被放大了，成了一个黑色的魔兽，吞噬了她的睡眠，以至于要偷偷来触摸我的鼻息。

我准备去医院，必须马上。我换了一身衣裤，穿了一条旧裤子。下半年以来我的腰身渐宽，原先 34 号的裤子都因为比较紧绷准备淘汰，老婆临时给我买了三条 35 号的新裤子救急，据说是她朋友在城西街批发点里直接拿的批发价。去医院还是穿那条待处理的旧裤子吧，这里有个卫生的讲究。出门前，好好地洗了一次手，用足了肥皂，把幼儿园里老师教给小朋友的洗手法反复使用。老婆开车，我坐在副驾驶座上，这一反平时我们家的出行规矩，因为我今天成了病人，成为被照顾的对象。

在医院门口，我忽然停住了脚步，我让老婆一起来观察我的手，那双正常的手好像又回来了，昨日困扰我的淤青消退了，除了因为天气冷，依然有点僵硬。难道一到要见医生，这奇怪的淤青自行就退了？它藏起来了，等我放弃诊断回去时再出来吗？不对，我一定是弄错了什么。手插进温暖的裤兜里，我想起了我换下的那条新牛仔裤，近几天我一直穿着它，它的颜色正是水洗青色的，那么，我手上的淤青应该来自它，这条会褪色的新裤子！犹如脑筋急转弯，困扰的大难题点中了最简单的答案。我们相视大笑，那一刻，我如梦方醒，胸口的堵也迅速宽解了。这真是一个"青"色的幽默，让我和爱我的人在这个冬季里牺牲了许多脑细胞，非常严肃地思考了一下生命的意义。置身绝境而幡然醒悟，或许，我该感谢那条会褪色的新裤子。

暂定两位

老秦的第二任老婆也走了,他又落单了。这个女人和他的原配恰好是两个极端,原配温顺内敛,埋头做家务,遇见人浅浅一笑,遇见事让人生气不起来;第二任直言快语,做事风风火火,得理不饶人,若是念叨起来如紧箍咒,耳朵疼痛时令老秦无比想念前妻的安静。这两位相差12岁的女人唯一的共同点就是红颜薄命,都没有活过60岁。

第二任走的时候留下一个遗愿,估计很难实现,但当时情急,老秦当然是一口答应下来。她说死后要跟老秦葬在一起,不愿去和那个该死的前夫同穴。老秦同意,但两边的子女都不会答应。老秦的女儿说:"我妈死得早,我爸娶了金阿姨,这些年我没意见。我妈等着我爸百年后去团聚,让金阿姨先去我妈那里报到算什么意思?这不是给我妈添堵!阿姨既然离开了,还是哪里来回哪里去。"第二任原来的儿子说:"我爸生前的确对我妈不好,我妈怨气大,伤透了心,离了再嫁没错,但是毕竟是我的生身父母,总不能死后还要分开,让我爸永远单着,以后让我们扫个墓还分两头?他们在那个世界应该会握手言和。"

老秦无话可说,不再坚持。办完丧事,老秦到女儿家住了几天,回来时发现家里几乎翻新了:女儿找了两个钟点工把第二任的各种东西都清了,像格式化了一样,家里头找不到第二任的一点痕迹了,连玻璃板下面的照片也一张不剩。老秦问女儿:"你不会让我把这个房子也卖了吧?"女儿的回答是:"您安心住着,不要再给我找后妈了。"

老秦的日子回到了冷清,他的记忆如果也被格式化也许会更好。一个人独坐沙发,像雕塑一样,默默听着楼道里渐渐远去的脚步,他有一个期待,有个脚步会停在他的门口,敲门,喊两声老秦,或者有钥匙插入锁孔,转动开锁的声响。他竖起耳朵,捕捉空气中的所有动静。原配走得早,印象模糊遥远了,他倒有点怀念第二任老婆的念叨,那紧箍咒好久没有听到了,现在如果再在耳边响起,估计他不会觉得讨厌。这个房子里,最缺的就是人的声音,电视剧里的不能算,况且老秦也不爱看剧,以前他喜欢带着第二任到麻庵慈公园散步,多年来只有这个喜好。到公园的盆景园里看看那些植物世界,这个园里的盆景都是他的初中生物老师沈老师捐赠的,那门口有老师的半身铜像,刻着姓名、生卒年,老秦觉得亲切;在映日亭听晚霞社的老人唱老歌,她们唱得不怎么样,却很用功,几乎每天早晨都来练习,会唱歌的老人显得有活力,老秦的第二任也曾去跟着唱了几天,却没有坚持下来,第二任嫌弃那些老人太老，没想到自己却走在了前头；两人坐马鞍桥边靠椅上等几位钓客的鱼上钩，老秦缺乏耐心，他和她都好奇，那不管晴天下雨的河边兀坐，钓的是鱼吗？老秦亲眼看见一位钓客在离开时又把桶里的几条收获放生了，等于是做了无用功。现在，身边少了一个陪伴，老秦不爱下楼了，更别说去麻庵慈公园走走，他觉得一个人空落落地走着，很不习惯，他得有一只手携着，并肩走着，两人说点盆景好看、老歌难听、钓鱼无用诸如此类的闲话。

临近国庆，几个老同学相约在盆景园聚一聚。难得，老秦的手机除了女儿的来电，这些日子里都是些骚扰电话，他也是乐意去接，耐心完整地听完对方的叙述介绍，然后礼貌地回答："对不起，我是退休老人，我没有钱。"聚会时，老班长说："老秦啊，听说你又落单了，遗憾遗憾，我们聚一下，一起在沈老师的盆景园合个影，我们毕业快60年了。"老秦很意外，上一次的同学会已经有7年之久了，这7年里，又有几个老同学走散了，先行一步，老秦不记得去过几次殡仪馆，那地方去的次数越来越多，渐渐不再害怕了，后来连比自己年轻许多的第二任也走散了。老班长是老秦初中时候的同桌，能干，成绩也好，很有号召力，上台讲话不用打草稿，男同学都听她的。如今，老秦已不记得其他的同桌，只记得和老班长同桌的时光里最快乐，老班长会罩着他这个小弟弟。老秦比老班长还小一岁，他提前读的书，老班长会催促他交作业，会借他口风琴，那时候音乐课有教口风琴，老秦的父亲说学了没用不给买,老秦上课轮到只得去借,别的同学都不借,嫌口水脏,老班长不嫌弃,拿个手帕一擦就递过来,没有一点犹豫。

来盆景园的也就六位老同学,还有几位请了假,两个身体不舒服,一个轻度中风腿脚不便,一个临时带孙子走不开,还有一个老婆住院。老班长和老秦见面来了一个热情的拥抱,害得老秦的这张老脸还热了一阵。老班长居然还和7年前差不多的模样,皱纹也比同龄的老太太少,老秦由衷地夸了句:"班长姐啊,你还是那么年轻啊。"老班长一阵咯咯笑:"你的老花眼一定看什么都是朦胧美吧。老了,挡不住,你不知道,两年前我家那位一场病,害得我是瘦了十二斤,干瘦得像火柴棒。""你家老郑病了?""走啦,他心疼我,怕拖累我太久。"老秦心里嘎嘣一下,在场的六个同学如今五个成了单身,说起来都有许多唏嘘感慨。还好,老班长及时翻篇转场,让大家拍照。除了六人集体、四人一组、三人一组的合影,老秦和老班长拍了许多同桌合影,老班长主动挽着老秦的臂弯,依偎着老秦的肩膀,毕竟老秦个子高、健硕,老班长一依偎倒有了点小鸟依人的搭配。那一刻,老秦有点回到年轻时候的感觉。六个人一块去了公园边上的德尔乐吃了个中餐,喝了瓶红酒,临别时,老班长忽然问老秦:"你,一个人过能行?"老秦觉着意外,一下子语塞,好久才反应过来:"马马虎虎,马马虎虎。""有时间到我家喝茶,一块烧点吃的,我现在孙女也上高中了,闲着。"听老班长热情洋溢的招呼,老秦好像忽然胸口的气息有了些许的波动,他却压抑着,装出从容的样子，说："那……菜，我来买。"

像一颗小石头丢到水中，荡漾开了，一圈又一圈，回味了好久好久，石头沉到水底，日子又回到了平静。老秦记着老班长的邀请，那些温暖人心的话他也一一记着，把老班长的手机和住址特意记在台历的背面，手机里一直存在那些亲密的合影，但是他没有打一次电话给她，也没有加她的朋友圈，老秦觉得这样心中有个惦念有许多美好的回忆也不错。也许，也许真的凑到一起，一个屋檐下过日子，也会像舌头和牙齿一样，会咬到会痛。他想着自己空荡荡的家，曾经生活在一起的女人什么也没有留下。

过了国庆节，按照惯例，家族群里会预订正月初四的新年酒，统计人数，排桌定店。今年的轮值外甥在群里请各家报与会人数，老秦的女儿报一家三口，她两口子加上女儿，她很诧异的是看见老秦忽然在群里报上："暂定两位。"

老秦女儿下班后没有马上回家，直奔老秦家去了。

遗照

外婆已经是第五次被发病危通知了,这一回,立即赶回来的亲属只有半数,连三位儿子也只来了两位,孙子孙女们更是寥寥,他们手头各有各的忙碌,很多亲属相信老太太还是能像以往一样说话间又清醒了,那些模糊了的记忆忽然又像接通了电路一样找回了亮光,又能认到我们了。

她会盯着我问:"阿康啊,你吃了吗?"对,我是阿康,她从来不会认错,毕竟我小时候是外婆带的,可是她这个问题今天已经问过我很多回了,"阿康,你吃了吗?"我只好一次次赶紧回答:"我吃了,我吃了,外婆。""没吃,跟我一块吃。"外婆忽然不作声了,她似乎没有发现她面前有饭菜,然后又问我们,"我吃了没有?"舅舅舅妈大姨小姨们连忙跟上:"您吃了,刚刚吃了。"没错,五分钟前,她老人家喝了半碗最薄的稀粥,这会儿她又忘了。

外婆显得干瘦,很黑,乍看好像脸都乌青了,只剩那一头杂乱的白发。她没有生病时肤色是白皙的,据大姨说外婆年轻时是我们这条辛合街有名的美人，她的娘家是做酱油酒醋的，东州四分之一的人是蘸着他们家邵记酱油酒醋长大的。医生说这种变黑是衰竭，老人慢慢会无法进食，最终只能靠营养针维持，她自身的功能会逐步消失，直到她的手掌下方出现明显的青瘀……老人在世的日子开始倒计时了。

从医院里出来，外婆被送到了鸿德老人院，一个临终关怀单间。她没有回家，因为外公离开后，十多年来，胆小的外婆一直不敢回老家居住，她是在六个子女家轮着生活，每个子女家住一个月，半年轮一回，其实算上已经故去的我妈，外婆共有七个子女，因为我妈这个老二走得早，外婆晚年的居住我们家没有安排轮值。老家出租了，租金拿来当了生活费，现在老家还有租客，万一外婆回老家送终，那么日后老租客估计就不愿回来了，新租客也有顾忌，不大会乐意住进来。所以子女们最终意见是送老人院，特别护理，临终关怀，直至最后。

外婆的后事早就准备就绪，唯有一项让好些人不满意，就是大舅舅准备的那张外婆的照片。这张照片实在是太草率了，照片上的外婆眼皮耷拉，眼神涣散，头无力，近乎低垂，一副老年痴呆凸显的样子。我问过舅舅："就没有别的照片了？"舅舅解释外公过世之后十多年里外婆就没有正儿八经拍过照片，她总说自己老了，都是皱纹，难看，拒绝拍照，连合影也不愿拍。后来大家也疏忽了，年轻和中年时拍的照片因那年台风登陆，相册在老家泡了水，霉了，没了。这张照片是住院期间临时让女儿架着老人用手机拍的，印在墓碑上的遗像用的也是这张照片。我想起了外公墓碑上印着的遗像，也是一张极其难看的照片，不知是拍于何时何地的外公戴帽子的照片，帽子遮去了整个额头，估计是外公突发脑出血后急急忙忙从哪一张旅游合影里剪出来放大的，有点扭曲丑化的感觉，无法让我想象外公年轻时帅气倜傥的模样。外公那时候也找不到一张合适的照片？我一下子想不起所以然，那时候我忙着谈恋爱追女生，不会去关注一张老人的照片。

在外婆走完86岁人生历程的三天前，我突然记起一件非常非常重要的事情，我手头有一张外婆很美的照片，是在外公去世两年后我为外婆拍摄的，有十五年之久了，它还能找到吗？我必须要找到它。如果在告别仪式上，面对的是外婆那张痴呆难堪的遗照，我们该会多么尴尬，亲友、老邻居们会怎样议论？而且还有我这个自称搞美术设计的外孙。

我的记忆时钟拨回十五年前的那个下午，那时我结婚还不久，还住在楼梯难走的顶层七楼，外婆来了个电话，很神秘地问："阿康，你在家吗？我找你有个事。""外婆，什么事？要紧的话我去舅舅家找您一趟。""不要紧，你等我，我过来。"外婆很少爬我这个七楼，除了结婚当天，这是第二次，我在楼上开了对讲门，下来接她，老人家已经上到一半了，那时候遭遇车刮碰受伤前的她腿脚还很利索。

进到屋里，坐下，给外婆泡了一杯绿茶，她坐在沙发上也不喝茶，只是欲言又止的样子，我当时也不大在意，现在回想起来，外婆当时心里头一定是在做激烈的思想斗争。她终于开口:"听丫丫(小舅舅的女儿)说你最近买了台相机,能不能给我拍一张?"诶,我买了一台奥林巴斯数码相机外婆都知道啦,那时候数码相机刚刚流行,我尝个鲜,勒紧裤带用一个月的工资入了一台,给丫丫拍过几张,估计外婆也在她电脑上见着了。好吧,老人家主动要拍照,好像是头一回。以前我摆弄胶片机的时候,外公外婆也没主动要求我来一张,我那时候也是太年轻不懂事,压根也没想到给老人们来几张照片,只记得去扫街拍美女拍夕阳皓月去了,真是追悔莫及。

我当时给外婆拍了两张,正好下午的阳光从窗口斜照进来,我记得让她站在过道那儿,背后是米黄色的门板,阳光恰好给她照出一个金色的轮廓,她那时还是黑发居多。第一张眯缝了一只眼我说不好,再来一张,第二张很满意,笑得从容自然,给外婆自己看过,也说好。我那时也没问怎么把照片给到外婆,她哪有电脑存照片,就是存在丫丫的电脑她也不会操作;我也没有问她拍这个照片作何用,外婆也没说,她拍完就走了,她说还要回去烧菜,等一会儿丫丫放学回来了。她走的时候的满足的神情我却清晰记得,是一种了却心愿的安然,含着对我的放心与信任。

外婆啊,您这是为今天做准备啊!我用拳头擂我那个那么多年来一直没有开窍的脑袋。一定是外公仓促间那张遗像让外婆太不满意,她才会神神秘秘地跑来让我给她拍照,她吃斋念经多年,口里应是最忌讳说死的。她这么匆匆而来,艰难攀上七楼,又匆匆而去,她哪是对我数码相机新玩意的好奇,说给她她也不懂啊，她只是想让我给她留下一张重要的相片，她自己悄悄让孙儿拍的自己审看过满意的，等着那个万一。我在十五年前接了这个郑重的任务，居然不知不悟，孙子愚笨。

赶紧去找照片吧，还好，旧电脑主机箱没有丢弃，只是码在储藏室的角落里，十几年里已经淘汰了两台台式电脑，都还在，妻子曾经说占地儿，清了吧，我一懒惰就留下了，现在还真要感谢自己的拖延症。开机估计困难，硬盘还能取下找回资料。我把硬盘拆下来带到修理店里，万幸，数据还能勉强读出来。那两张当年随手一拍如今却无比珍贵的照片像大海捞针，找到了！今天看来像素不高，但是稍微放大还是能用。再仔细看看十几年前的外婆，健康时的她是那么精神，阳光给她照出金色的轮廓，闪亮的发丝，照片因此显得生动，没有一点陈旧感。对比中，我的眼眶湿润了，想起弥留之际枯瘦如柴的外婆，想起不断说着胡话失去记忆的外婆，人生之寒冬竟是如此萧瑟。我赶紧将照片拷贝出来，发了家族群，提醒大舅舅赶紧换照片，那一刻感觉自己有点小小的激动，对了，马上到老人院去，让外婆临走前也看一眼自己十五年前拍的这张照片，即使眼下她并不能再恢复清醒。

在我发出这张照片之后，家族群里居然没有任何回应，一段长长的沉默。我赶到老人院，外婆重度昏迷中，她的呼吸如游丝，靠着吸氧维持最后一点生命。照片她是看不见了。

大舅舅沉默许久，做了决定："照片还是不换了。"大姨有点抱怨的口气，"你知道有照片，为什么不早点找出来？"

他们的意思是都准备好了，就不要再换了，不是费用问题，是怕不吉利。我被当头浇了一桶冷水。我很想把外婆当年悄悄来拍照的意愿说给这些长辈听，我还要说这应该是外婆很早很早就为今天准备的，难道你们就不能依老人所愿，给老人她要的体面？我却没有说出来，因为这几年来，照顾外婆的事务都是几位舅舅和姨妈在操劳着，而我们家却没轮上，我妈离开早，我爸年纪又大，他们有很多累。早几年，一次马路上外婆被车刮擦，大腿骨折，住院手术；一次在医院里摔倒，脸部缝了十三针，之后，生活渐渐不能自理，糖尿病并发症，老年痴呆症，反反复复的病危、抢救，他们也许都是累伤了，神经在这最后一刻就像是马拉松的最后一公里，能撑到最后的终点就好，而不会再去注意最后一程的仪容失态和服装上的松垮了。也怪我自己，十五年里有多多少少关注一下外婆的健康，却遗忘了这张重要的照片。

外婆的葬礼按照既定程序进行，我不敢去看那装在黑框里放大的遗像，那不是外婆自己想要的样子，如果她的灵魂还没有远离，她见到这张遗像，一定会非常非常伤心的，她会追问我的，如果她能恢复记忆，想起她十五年前悄悄拍过的这张照片。安葬时，我瞥了一眼墓碑，邵熙珍的名字上方也是那张令我极其难堪的遗照。我该怎么办？我的内心有沉重的不安，跪在墓前的痛苦不仅仅是伤悲，更多的是自责。

老人西去，生活继续，曾经忙着轮流服侍外婆的舅舅姨妈们终于回到了各自的生活轨道，休养生息。外婆的遗照终成我的遗憾。后来，我换了新的手机，原来保存外婆那张照片的旧手机也不知丢哪儿去了，可能是被妻子拿到二手市场出掉了，里头的那张照片与留下的资料一道都该被格式化了，我换手机时没有及时把照片导入自己的新手机，当时有那么一个不可原谅的念头：老人的遗照不该放入新手机，不大吉利。该死，我居然也会那么想。那个抢救出来的硬盘最终还是寿终正寝了，等我第二次去导里头的资料时，它已经无法启动了。再到家族群里翻找记录，那张我发的照片已经过期无法打开了，我彻底失去了它，外婆的照片，它好像不曾被拍过、被找到过，拍于十五年之前的那一日，蛰伏十五年，现身于十五年之后的这一日，就此没有了踪迹，仿佛跟着外婆烧成了灰，被她抱着失望一并带走了。

第二年清明，我们去扫墓，我磨磨唧唧跟随队伍来到墓前，瞥一眼邵熙珍名字上方的遗像，我惊到了，那张印在墓碑上的照片什么时候变作我拍的那一张，照片上的外婆望着我们，笑得从容自然，阳光给她照出一个金色的轮廓。

老九

很多年后，绰号叫白眼建的老同学帮他找回了绰号——老酒或者老九，他瞬间有一点脑子短路，因为这个所谓的绰号在他的大脑记忆层里好像没有星点痕迹，有过吗？好像没有又好像有。之后老同学烂乌皮出来确认："你就是叫老酒，你还不承认？老酒，老九！"其他几个同学，诸如江蟹生、鸡肫皮、大猛胜、阿愚佬却没有附和，没有以能够叫出他的绰号来套近乎，以此证明大家是当年从一个起点出发的同学，他毕竟现在是东州一个区的区长，是同学中受尊敬、受追捧的核心人物、成功人士。烂乌皮来敬酒："老酒，我喝完，你意思一下。"他有些不爽，倒是不恼，更是觉着奇怪：这个老酒或者老九如何就成了他的绰号？他默默把同学们喊着的各个绰号与其主人逐个对照了一圈，似乎在穿越时光隧道的电光石火中找回了一点东西。

同学会上，几乎所有的男同学都对号入座，找回自己当年的绰号——鸡肫皮小时候长得瘦，兜里没一毛钱，邻居家里宰了活鸡，除下内脏，他会偷取出鸡肫洗净，扯下皮，拿到中草药店里回收，换点甘草尝尝；白眼建有一只眼睛带点斜视，盯着看什么东西或者看人，那只眼睛会莫名其妙跑偏，好像很不听话地忽然弹开去，留出很多眼白，挺吓人；烂乌皮是长得黑，一张脸就牙齿白，去非洲估计不用签证；大猛胜因为胖，肚子大，一个人占两个位置，现在人到中年看起来更肥了；江蟹生只是姓江；阿愚佬名字中有宇字……那时候，取个绰号就像现在的起网名、微信名，普遍，流行，女同学中很多也有，诸如馋嘴猫儿、鼻涕佛、哭死执、梅超风……女同学还喜欢给男生取绰号，看着哪个男生不舒服，看着哪个男生很舒服都会给起绰号，有的男生成长史上还有过好多绰号，鸡肫皮以前被叫过柴排筋鸡，类似如今的火柴人；烂乌皮被叫过黑狗，阿愚佬被叫过黄鱼……只不过网名微信名一般是自己给自己取的，绰号往往是别人给你取的，叫多了，倒把你的真名搞忘记了似的。不过，他终于想起来了，他的老酒或者老九绰号不是别人给取的，起名的人是他自己。

他是提前一年上学的，个子最小，发育又迟，在班级里属于空气人，什么概念？几乎忽略不计。男生放学后玩追逐游戏，两个"大王"挑边选人，像中国男篮的红队蓝队，两边轮流选人，抢着挑强壮能跑的，选到最后，他是那个落单的，没人要，他曾经举手示意，"大王"一摆手，随口一句："你就算了。"他就坐下了，在边上给他们看书包，眼巴巴看他们在操场上追逐、猎杀、救援，看最后时刻"大王"孤身狂奔，冲破重围，牺牲自己而救出被拘禁在篮球架下的本方全部队员，那一刻获得解救后的群体欢呼声响彻操场和他的脑际。这一幕他印象太深刻了，羡慕嫉妒不恨，真的让他到哪一边凑个数，他也许还不大乐意，他不想当第一个冲出去诱敌的小诱饵，几秒钟就被对方拿下了，他的潜意识告诉自己，他想当最后时刻去解救全体的那个英雄。但是，他要当上英雄的日子还很遥远，因为那些有资格冲杀追逐的男同学每个人都有一个响当当的绰号，就像《水浒传》里有名号的好汉，而他连个绰号都还没有，没有人为他起过绰号，包括女同学。

有一天，他很正式地向白眼建、鸡肫皮、烂乌皮等有绰号的男同学一一告知："你知道吗？我的绰号叫老九。""老酒？喝的？""是九。""为何不是啤酒，哈哈哈……"不容分辩，早迎来一片嬉笑。"老酒！""老九！"白眼建笑得太夸张，翻出一个更大的白眼，鸡肫皮还摸了摸老九的脑袋，有些不相信自己的耳朵似的，烂乌皮说："改天请我们喝老酒。"他没有躲闪退避，只是附和着他们肆意地笑，也在脸上挤出一点开心来。后来，唤他老九或者老酒的同学并不多，听到被叫老九或者老酒，他往往有意外之感，甚至还有惊喜，但这个叫唤仅仅是一种一唤而过，并没有同学要继续与他有什么联结与要求，就像饭后遇见打个招呼"吃了吗"一般，他也渐渐觉着无味直到一种愤懑，不再乐意答应。渐渐这个绰号也被人包括他自己淡忘了，他到毕业那天还是那个可以被忽略的小个子，即便他终于有了一个绰号。

同学会上的热闹暂时被搁置在一边,他在努力思索,当时为什么要给自己起这么俗而平庸的绰号,肯定不会是"老酒","老酒"是"老九"被他们故意叫乱了,当然"老酒"比"老九"有意思,毕竟能喝。"老九"是个什么东西?他想起来了,是当时他的学号,他是四十九号!全班最后一号,没错。他喜欢和习惯这个九,读书时做梦都想考九十分以上,每次发到考卷他会把分数用手遮住,而后像查扑克牌一样慢慢抹开,嘴里默念着九,看到十位数上是九,那往往是一个好成绩。他的学号是最后一位,但成绩还不错,基本排到前二十。而且,他的家住在当时的港务新村十九栋209室,这个老房子早就拆光光了,现在那地方是东州万达广场的一部分。这个地址门牌号他不会忘记,那是他最早的家,即使长大后搬过许多次新家,他也不会忘记自己在哪里长大的。大猛胜、江蟹生、阿愚佬和他都是一个新村的,他们的父母都在港务局上班。他还想到了自己如今的车牌号N3699,这个号是车管所所长帮他选的,原先说给领导照顾两个8,他说8太俗,要个带9的就好,想不到给了三个9,前面的3加6也是9。那么,九算是他的幸运号,他明白自己当年为何要管自己叫老九了。

大猛胜过来敬酒了,大猛胜在区行政执法局当一个中队长,酒量了得,他亲切地搭着老九的肩,头伏在他耳边,悄声说:"老九,据可靠消息,你就要进常委了,高升了,不要忘了老同学我哦。"这个任命都还没公示,大猛胜就知道了?他有点不适,却只是答非所问地打着哈哈,心中却过了敏:东州所有的墙后都贴着耳朵。不过，他忽然想起一件很重要的事情，书记那天找他个别谈话时唤过他的"绰号"！书记说："好好干哪，这次补入区委常委，你是最年轻、最有为的，常委里你排第九，算是老九啊。"听书记这话时，他心里是热血澎湃式的激动，面上仍是风平浪静般的谦逊。当时也没对这个老九有什么特别的感知，今天同学会上，老九猛地一下醍醐灌顶，大彻大悟了，这个老九应该就是打小天为他设定的，他抹了一把脸，极为满意地端起酒杯，和所有望着他这边的同学致意，声音和在台上致辞一样洪亮："我，老九，敬大家一杯！"

山妖

　　山上有座庙,庙前有条溪,溪水源自燕尾瀑,遇见旱季,燕尾若隐若现,溪水也就了无踪影,踩着裸露的鹅卵石即可过溪,不用走那座瘦骨嶙峋的老桥。溪北荒废的老房子好多年前被一个巧手的女子租去了,改成民宿,名叫燕尾居,女子带一位阿婆一块打理,两人穿土布旗袍,做番薯干卖,做果脯卖,做花茶卖。阿婆默默做事,女子招呼客人,朋友圈里发山居生活秀,到庙里的香客不少会过溪到民宿里看看坐坐,吃个点心,买点东西,有墨客住燕尾居数月,为庙里的方丈抄经,有小楷书写留下。

　　女子不见有丈夫孩子,只与阿婆相依相靠,客人问:阿婆是否母亲?女子笑而不答。女子有一缝纫机,善手工缝制,店堂中厅挂满民国风的旗袍布袋,客人有过来学做女红,跟着女子学扎染,为自己裁剪一个手绢或者香巾。客人无意间看见女子小腿上有文身,一朵莲花,好奇,细看花中藏有疤痕,问女子如何这般有情趣,变疤痕为花朵。女子说:"前年台风天后,石桥都被冲毁,上山修那被冲断的接水管,在潭边石头间滑倒摔伤,腿部伤痕累累,后来索性文了几朵花在身上遮丑,你所见的只是其中一朵,还有几朵在大腿高处。"

顺溪往下,林深处有座和尚的化身窑,庙里圆寂的老和尚都在此处火化,一般人只敢远观而不敢靠近;再往下,有一深潭,枯水季仍有浅水,不过此潭却是村民忌讳之地,遇到台风洪水天,失踪的人牛羊狗的尸体往往在此处可以寻见,这个潭本无名,后来村民干脆唤作寻潭。听巡山的一位村民说,三年前某天傍晚寻潭里出过妖怪,他亲身经历,亲眼所见,当时经过潭边,踩过一地碎叶,忽然听见巨石背后一声短促的惊叫声,隐约看见水中有水花翻动,一个背影迅速闪入对面的树林,慌乱间自己还一脚滑倒,被惊到潭里,没有摔死算是幸运。巡山者坚信自己遇见了山妖或者水鬼,听者不信,猜是巡山者被水中的鱼惊到了魂。据说这溪水中的娃娃鱼也会发出某种奇特的怪叫声。

庚子年秋冬,大旱,三个月未雨,比三年前更甚,燕尾彻底干了,山顶上放下来的水管出水断断续续时有时无,燕尾居的女子只好到城里买桶装水,她说:"没有电日子照过,没有水不行,自来水通不到这山旯旮里。"山上缺水,燕尾居已经两个月婉拒客人。客人入住只有基本饮水,却无法洗澡。店主女子自身也是一周没洗澡了,有一日难得阴天,听说气象台发了火箭催雨,县城那边下了零星小雨,而这边山上望眼欲穿,没有一滴。这天傍晚,晚霞正艳,女子提着塑料提桶带着毛巾肥皂，她要到寻潭看看有没有可用之水。

顺着裸露的溪滩往下，这里雨季时貌似九寨沟，村民号称小九寨，可以漂流，旱季时成了乱石滩，可以走。她却不怕什么山妖的传言，也不怕老和尚化身的那个黑漆漆的窑，她怕庙里的年轻和尚，曾经有和尚夜里到燕尾居敲门，这个和尚眉清目秀，三十多岁，之前和朋友到燕尾居喝茶，与女子有了简单交流，其间和尚多看了女子一眼，女子居然有了一点羞涩。那夜和尚贸然造访，竟然说自己决定还俗，愿意到燕尾居做事情，可以劈柴种菜养羊担水。和尚动了凡尘俗念，女子吓得不轻，连忙闭门谢客。女子从此不去对面的寺庙上香，却有多次路上觉得背后有人跟踪。

到了寻潭，潭里的水只能洗个脚，涓涓细流，倒也清澈，寻寻觅觅，女子终于在两块巨石的夹缝里找到一处小水坑，水及腰，可站立。她也不看左右，迅即脱了布裙，卸了胸衣内裤，裸身坐到这坑里洗澡，天色已暗，山林间如垂挂幕布，那四周的鸟叫虫鸣是女子听得耳熟的，不怕被什么鸟兽看了自己的身体，她得在这宝贵的水中赶紧去了这一身的汗渍，回头再提一桶清水回去，让阿婆也擦擦身体。可是，她忽然听到了人的脚步声，由远而近，她停了动作，却不敢贸然出水去取衣物。一道手电筒的光束划破夜幕，在巨石上方摇摆，估计她被人发现了，来者何人？怎么这么巧？难道是他？她忽然羞愧难当，忍不住一声喊："别过来！"只听扑通一声，对方的手电筒落到了水里，灭了，一阵慌乱的脚步退开，而后一个男子的惊魂甫定的声音:"你是谁?""我是燕尾居的,没有水,洗澡,你走开。"女子听出不是那个要还俗的和尚,稍稍安了心,却是无巧不成书,这个男人竟是三年前巡山的那一位,这个男人也是到燕尾居喝过茶的村里熟人,女子不怕。巡山男人迟疑间忽然一阵爆笑,丢下一句走开了:"明白了,三年前把我惊到水里的也许就是你,你就是山妖!"男人雷鸣般的笑声惊飞了树林间的一群野鸟,它们腾空而去。

不留

朴老师准备养猫,他的动念起于到老友的藏书阁参观,一只银白相间的布偶猫卧在桌上,无视客人的近前,不受话语打扰它的笃定,老友铺纸磨墨作画写字,猫静静看着,不曾离开,似乎也喜欢那墨香,甚至能看懂画中的内容,的确,老友的画中有猫,或躲于墙角,或走在屋檐,或睡于芭蕉叶下,当然都不及桌上这一只生动从容,老练得像一个懂事的小人儿。老友放下笔,有时会顺手操起猫,往自己怀中轻巧地一抱,揉搓几把猫的皮毛,气定神闲怡然如意的样子,竟然让朴老师羡慕了。

朴老师和自己的女弟子淑贞提了一嘴,我想明年养只猫。朴老师很少这么主动提要求,平日里都是别人向他或者托别人来求字,他听着喜欢的会焚香洗手认真写他出名的朴氏隶书,要是觉着不乐意的就让弟子从练笔的废纸篓拣还过得去的来交差。至于收若干润笔费和应邀出去吃饭都不用他过问,淑贞和另几个弟子自然都会安排妥当的。今天,他这么郑重的一句想法欲求提出，淑贞觉得意外，感觉朴老师本是啥也不求啥也不缺的。

淑贞想着到哪儿捉一只猫来，要新生洁净的，还要名贵血统纯正的，既然要做朴老师的猫，那自然是一只令人稀罕的猫。周末去了将军桥花鸟市场，淑贞却选不下一只，那些混杂在笼子里待人认领的猫缺点气质，没能入她的眼。她忽然想起寂照庵宁和师太房里的那只猫，那一次斋饭留给她的印象是那只白猫太神奇了，她可以跟着人亦步亦趋，保持着既不亲昵又可呼应的距离，和她对话，似乎她在凝神聆听，转身去捉她，她却无声息地跳到另一处，和你就是一种若即若离，这种若即若离或许就是猫与人的神秘魅力。淑贞顿悟，就要这种通人性又能拿捏人性的猫。她要去寂照庵一趟。

宁和师太沏一壶碧螺春，请淑贞坐于窗前，窗外一株海棠树已经探出花蕾，粉色开始点缀枝头，师太说，淑贞妹妹有小半年没有来了。淑贞说，师太也是好久没有到我可乐居听琴了，清明会有一场雅集。师太说，最近忙着修葺念佛堂，还想请淑贞给念佛堂题个字，一下子选不定叫啥名字好。淑贞说，岂敢，这些取名写匾的事情还是请朴老师的好，那字要经百年看的。那敢情最好，师太谢过。淑贞问起那只白猫，可否有诞下小猫来？师太浅笑，本庵养猫不养狗，猫都是收养，不曾有生育。淑贞问，都做了节育？不动刀，师太摇头。那要是猫怀春了，有了孕怎么办？师太答，她们会自觉离开庵，不会再回来。淑贞忍不住笑，喷洒了一口茶。她将信将疑。环顾四周，找那只白猫。师太说,那只猫有三个月不见了,可能也还俗去了吧。淑贞提了朴老师要养猫的心念,师太说,这个不难,等朴老师来写了字,自会送一只好猫给他。

朴老师为念佛堂想了很多名称,诸如云渡、同明、罗山、普觉,也每一个都书写了几遍,都觉得还不错,就等着哪一天淑贞开车带他上山,让宁和选一个。宁和是朴老师的故人,朴老师的小学语文老师是宁和的父亲金老师,金老师带着小时候的宁和来过学堂,朴老师那时觉得猫在门外的那个小女孩笑得特别无邪,傍晚的夕阳照亮小女孩的头发丝,闪着金光。金老师也曾经和小时候的宁和提到过那个字写得很好的朴哥哥。他们年少时不曾说过一句话,彼此记忆里却有对方的痕迹。朴老师重新想起那个小女孩是在金老师的告别会上,听说金老师的女儿经历了一段莫名的长恋,最终去了寂照庵,剪去了烦恼丝。

再见宁和是在淑贞的可乐居,淑贞下山来听林上眠大师的古琴,香气袅袅,竹影摇曳,宁和对朴老师浅浅一鞠,朴师兄。朴老师那一刻便认出了她是谁,心中不禁悲喜交集,时间都到哪里去了,那个头发丝闪着金光的女孩如今却是一个灰布衣包裹失了发丝的尼姑,喜的是多年以后还能见到,那一份回忆让自己又回到年少时的阳光里,金老师的女儿,才认识说第一句话,又好像久别重逢,朴老师不知该说什么才好,回首时眼眶里似有一点泪要落。

淑贞为朴老师准备了养猫的器具,猫粮猫笼猫厕猫抓板,一应俱全，只等去接猫下山。淑贞在猜想宁和会送一只怎样的猫给朴老师。寂照庵的猫和多肉是齐名的，许多香客来，除了看庵里种的多肉，便是来看猫。庵里的多肉多到可以送香客，点了香拜了佛，如果有意，可以带一盆多肉下山。而猫却是很多香客送来的，山下的主人弃养的或者是收养的流浪猫养不过来，这些猫在寂照庵飞檐走壁，若隐若现，带孩子来的香客，自己去念经，孩子去玩多肉找猫猫，庵里也不知有多少盆多肉多少只猫。

朴老师问淑贞，宁和为何上山？淑贞答，据说她伤了心。朴老师不再多问，随手在纸上写下半句：最是人间留不住。淑贞觉着这几个字一气呵成，行云流水间如要挽留什么又无限感慨失去不再来。朴老师往往动了情，便有了绝妙字，这一行字可谓这一年来朴老师水平最佳呈现。平日里那些应付应酬之字，有的肤浅，有的随便，一般人看不出，淑贞懂的。请朴老师写字，必须要和他先交朋友，待到相谈甚欢情意相投时，再铺纸研墨，方得好字。淑贞家里就有几幅朴老师的佳作，都是朴老师在淑贞生日时送她的，对于朴老师来说，淑贞是老太婆之外最亲近的女人。

朴老师的老太婆一向是不出场的，不知道的人还以为朴老师是老单身，朴老师的展览、出书、作品拍卖一向都是弟子们张罗，淑贞是其中最贴心的，朴老师的事情都要去问淑贞为准。淑贞说，可惜了，朴师母退休前只是个化纤厂女工，没有生育，不懂字，也不管事。没有孩子，朴老师也好像乐得无牵无挂，他除了饮茶吃酒听琴写字，也心无旁骛了。淑贞总觉得朴老师吃亏了，朴师母一副清心寡欲的样子，怎么也配不上不算风流却有倜傥的朴老师，若不是认识朴老师前已嫁做商人妇有了读初中的儿子，淑贞感觉自己都会对朴老师动心了，每每陪着朴老师出去参加各种雅集，不知道的人还以为淑贞是朴老师家里的那位，尴尬间总要几句解释，弟子，女弟子，关门弟子，红颜知己而已……每每想起这一点，淑贞内心不免会涌出一声叹息来。

淑贞把朴老师的"最是人间留不住"拿到瑞宏轩裱好，朴老师的字都是指定吴师傅裱的，吴师傅也说这几个字是朴老师近年来的最高境界，无骨有力，若动不动，意犹未尽，余音绕梁。淑贞想这幅字应该是送给宁和最合宜的，当时朴老师就是问起宁和，动情处落笔的。淑贞把字送到寂照庵，看着朴老师的字，宁和沉寂许久，眼中有光芒。宁和说：这个名字有点长。淑贞说：不是堂名，是朴老师随心为你所写。多谢朴老师。宁和说要将之挂在自己的书房，朴老师提议的几个堂名我会好好斟酌的，那猫是否就让淑贞妹妹带回去？淑贞问：猫有了？宁和说：有了，只是在庵里野惯了，怕一到朴老师家里不一定能留得住。淑贞有点怕，问：那要不要先关一下，等到老实听话了，再带下山，不急，慢慢来。宁和说：不关，关久了笼子，猫就不再是猫了。淑贞说：那就下次让朴老师来写堂名，自己来取猫。

淑贞对朴老师说："最是人间留不住"裱好送给宁和了。

朴老师不意外,他知道淑贞懂他,老太婆不懂字也不懂他,除了会烧两个菜,想当年自己三十出头糊里糊涂被安排了相亲,母亲说可以就可以了。如果两个人有了孩子,那会有了共同的话题核心的目标,没有孩子,那朴师母就只是个煮饭嫂和洗衣女,和朴老师的书法没有关联。这些话朴老师当然没有对淑贞讲,淑贞有问到边上,朴老师会错开话题,或者说老人家了,回家有饭吃有衣穿多么重要。有一回,朴老师教淑贞写字,不经意间,淑贞的头发摩挲到朴老师的脸,朴老师不回避,淑贞胸中有了一点唐突,可是朴老师不移开,她也不动。这样僵持了许久,忽然听到敲门声,淑贞跳开去开门,那一刻,她觉得自己脸颊潮红,像是血压高了。

师母一开始不喜欢淑贞,觉得这个女子有点狐媚,可淑贞嘴甜,爱送小礼物,那些朴物良舍的茶点,金骏眉的小罐茶都是淑贞送的。师母,我妈妈走得早,我就认您做干妈了,淑贞这样说。这个很迟才认识的女弟子却得到了朴老师最大的关切,不仅仅是她的字也有天赋,还是她眉目间有一份纯真的灵动,不过朴师母将这种不喜欢都藏起来了,她知道朴老师喜欢淑贞,出门在外靠淑贞照顾张罗,她是跟不出去的,所以渐渐的,也就接纳了淑贞,自己也没有过孩子,如果朴老师早五六年结婚有了个女儿,算起来也有淑贞这么大了,朴师母有时候在心里头还真把淑贞当成了干女儿,这样就顺了,朴老师也从来没有提什么过分的要求,淑贞的老公也是不差钱的老板,淑贞不用做家务,家里有小保姆,上班之余学字练字做好朴老师外务，彼此相安无事。

宁和为朴老师选了一只狸花猫，混血，灰黑，六角形脸，鼻子修长，是一位居士送养的，居士到澳大利亚移民，猫留在寂照庵两年，后来微信回复说不再回国了。宁和觉得这只名叫狸狸或者离离的猫挺适合朴老师，灰色皮毛里间隔的黑色条纹很像是毛笔随意画下来的。只是这只猫有点忧郁的样子，被主人弃养后，不再活泼，看见老鼠也不去追，把宁和书房后面的储物间当了窝，有时候数日不见，以为下山还俗了，忽然间又从某个角落里探头出来。她觉得朴老师喜欢安静，需要一只不躁动的，若隐若现的，有忧郁气质的，特立独行的猫。宁和等着朴老师上山。

朴老师在东州的名气不说妇孺皆知，至少也是文化界的门面，东州晚报的报头是他的手写，东州大桥四个气吞山河的大字，边上有个落款，朴老师的名字和这座大桥一起不朽。宁和记得朴老师是父亲当年的得意学生，父亲的眼光很准，朴老师中年之后成为这座城市的书法大咖。宁和在可乐居的雅集上终于遇见了朴老师。宁和浅浅一鞠，朴师兄。

朴老师见过宁和之后，心绪难平，金老师的千金，恩师的女儿，再遇见已是中年之后，更可惜遁入空门，想不出如何照顾才好。淑贞说给寂照庵的念佛堂取名，朴老师将它当作最要紧的事情，想了好多好多。那些日子，他几乎有点失眠，这也算另一种牵挂，竟让他要养猫的欲念忽然间荡然无存了。他只想着再见到宁和，自己该说什么话才好。

宁和在微信上留言给淑贞，念佛堂的名称定下来了，朴老师也不用再写了，就取了"最是人间留不住"里两个字，名"不留"，淑贞觉得甚好，电话里告诉了朴老师，名称有了，宁和师太请你有空到寂照庵吃茶并领养猫。淑贞等着朴老师通知一起上山。

一晃过去两月，淑贞等不到朴老师电话，自己便主动提醒朴老师，老师，明日天色不错，是否赴寂照庵？朴老师沉吟半分钟，说，淑贞，这个猫的事情暂缓，我只喜欢了猫的可爱，忘了它是需要养育的，我连个娃都没养过，这猫估计也是留不住的，与其圈养在家里，最终跑出去不知所踪，不如让猫留在山上，自由自在可好。淑贞会意，那要不要去寂照庵向宁和表示一下谢意。朴老师说，那就不去打扰，我那幅字已经包含了。淑贞后来独自上山，在不留堂念过经，再到宁和师太房间里吃茶，她抬眼见着那幅"最是人间留不住"，面对着敞开的西窗，在夕阳的辉映里闪现出金色的光亮。

话筒

我从师范毕业,到华大的附小担任语文老师,兼任学校新芽文学社的指导老师,主办新芽校园文学订阅号。秋季开学后新收了几个三、四年级孩子入社,其中有一个女孩引起了我的注意,不是她的写作有多强,而是来接她的妈妈我熟悉。她的妈妈可能忘记了我,我却能一下子认出她来——少年宫教声乐的木老师。

木老师那时候可有名了,她带的合唱团代表本市参加过在首都的金色大厅的演唱会,要报她的班级得开后门,开了后门还要先排队,等几个老学员毕业了,才有名额让她来选你。我记得当年我能进入她班级的机会是舅妈争取的,舅妈所在的电视台人物栏目给木老师做了一个专访。

"木老师,你还认识我吗?我是乐敏儿,当年排小组唱《流星雨》的您的学生。"

"啊……怪不得这么眼熟,原来是敏儿,都毕业当老师了,太好了。"木老师终于认出我是谁了,毕竟过去十多年了，她结婚迟，生育迟，所以这个女儿到今天才上四年级，"敏儿啊，哦，应该是乐老师，我家灿灿就拜托你啦，太巧了。"木老师握着我的手，握了好久。我的手心出了汗，我没有与木老师久别重逢的兴奋，却将一段尘封多年不愿再回首的记忆又翻了出来。

离开少年宫之后，我再也没有学过声乐，再也不愿主动张口唱一首歌，我怕听见自己的歌声，更怕拿在手里的话筒。《流星雨》是那一年参加市级选拔的小组唱曲目，由六个女生组成，我是六个女生里唱歌最卖力却歌声不好听的。木老师纠正我的发音时常常会皱起眉头，有时候会很不耐烦地在钢琴上重重敲下几个高音，那代表她生气了，边上的同学开始会捂着嘴悄悄笑我，后来会翻白眼埋怨我，因为我的错害她们又得重来一遍。

赛前最后一次彩排，我发现了一个很严重的问题，我的话筒坏了！无论怎么打开关那指示灯都不亮。我听不见自己的声音，耳边响着的都是同学的歌声，我去找老师，木老师说："好的话筒不够了，你这一个就拿在手里和平时一样做动作，跟着她们一起唱就好。"

到了正式比赛那天上台，我发现发到我手里的话筒还是坏的。木老师特别提醒我，就照最后彩排的那样去表演就好，来不及改变了。这个"秘密"后来我都不敢告诉妈妈，我把它烂在了肚子里。在自己学校班级里我是唱得最好的，可到了少年宫的声乐班我反而没了信心，那儿高手如云，我完全成了配角。为了这个小组唱我练得那么辛苦,几乎每个晚上都要在窗前自己练习个五六次,梦里面脑门前时常会冒出忽闪而过的流星雨,听熟悉了的外婆也会跟着我唱这歌了。可是,最后在台上的我不需要放声,只需要跑个龙套,记住自己的跑位、要做的动作,努力表现出欣喜,虽然听不到自己的声音,却要跟着别人的歌声对准口型,假装唱得很投入很开心。我做到了,老师一定很满意,因为最后我们获得了全市小组唱一等奖,老师同学们在颁奖时喜极而泣,我也哭了,却是伤心到痛哭流涕,老师和同学后来都忘记了我拿过的那个无声的话筒,只有我自己深深记住了,很快我也离开了少年宫,妈妈和外婆不理解获得全市一等奖的我后来居然那么讨厌继续学唱歌,她们只好认为是我长大了,开始逆反了。

木老师一定忘记了她给我分配过的那个坏了的话筒,那绝对不是一个意外,也许还会有别的唱得不让她满意的孩子经历过跟我一样的遭遇。那些本该随着时间远去的恨意如今却回来找我了,面对木老师的惊喜,我只是装出一个很勉强很假的笑,就像当年在台上的表演。

木老师的女儿灿灿,这个小女孩很聪明,也跟她妈妈一样有一副好嗓子,虽然我没有听过她唱歌,但是我在她妈妈的微信朋友圈里看见了她参加各类赛事获奖的信息,满屏的舞台照片,举着一个金色的话筒。不过,化了舞台妆的小女孩倒没有眼前来文学社上课的她看着真实可爱。我有那么一个瞬间,产生过要给这个小女孩一点颜色看看的不良念头:

对她的作文吹毛求疵，要求反复修改；给她的作业加点量，回去的随笔要求她必须得写四百字以上；布置的阅读书目，别人一周读一本，她读两本；甚至是新芽订阅号就是不给她发表的机会，让她也尝尝伤心的滋味，让她也体验一回被遗忘的难受……可是，这些念头在我面对她要启齿的时候都踩了刹车，我不愿那张笑得那么无邪童真的脸被她无法理解的某种痛苦扭曲，我不愿因为我的失态而让她心中期待的小火苗被一阵冷风熄灭，她那么信任我，那么仰望我，我该给到她和别的孩子一样的爱护。

灿灿的第一篇儿童诗发表在新芽订阅号上，那是一首在我启发后写稻草人的小诗歌，她说假装自己是一位稻草人，让小鸟停在她的肩膀上头上，这个稻草人会偷偷笑，笑起来的时候稻穗会飞起来，金灿灿的。哈哈，多么有意思的想法，我忍不住对她夸赞，加了点评，放在了第一篇，还在木老师的朋友圈里下了一张灿灿很纯真的生活照，做了配图，小女孩成了这一期的主角。

下一节课，那天正好是我生日，小女孩带了一盒礼物给我，她轻轻地在我耳边说："乐老师，这是我妈妈送给你的扩音话筒，她说你上课讲多了嗓子会累。"我回到办公室，缓缓打开盒子，解开包装，我的手里有了一只金色的话筒，话筒的下方连着一个小扩音器，一体的，打开电源就好，很是轻盈、方便。我举着扩音话筒，在办公室里试了试，"喂——喂——"效果不错，音色也很正，办公室里就我一个人，我忽然来了兴致，举着话筒，面对窗口，轻轻唱起一首歌，我好久没有唱歌了，但那首歌我太熟悉了，在睡梦里都能唱，它的歌名叫作《流星雨》。

牙疼

这个声音很怪,像口哨,像小鸟叫,还像给婴儿把尿,唧唧咀咀嘘嘘的,不像有什么怪物在窗台上或者进了教室,也看不出来自哪个嘴巴,待你停下来关注了,它又销声匿迹了,等你回头继续上课,不经意间它又来了,压得很低,就像从舌底齿缝里偷偷吐出的乱码低鸣。好吧,你这是故意要弄点动静出来,我奉陪。我的目光扫向那个穿耐克衫的男孩,我最信不过的就是他,在这个班最不让人省心的也就是他了。这个时候,他迎着我的眼睛,一脸无辜的样子。

"老师,是傅全全发出的怪叫!"终于,有女同学举报他了,没错,这个名叫傅全全的穿耐克衫的男孩,在我的意料之中,他居然还龇牙咧嘴做出痛苦的表情,很无辜吗?

"傅全全,你到后面去坐!"

他没有反应,把头埋在桌面下,如果抽屉够大,他会把自己的头塞进去。

"傅全全,请你坐到后面去!"我的指令里加了一个请字。我听到了他的回应:"我不。"

他明白我所说的后面,那个座位是最后一排最右边的单人加座,平时空着,留给个别犯了纪律的坐在那儿反省隔离一下,他坐过多次,早已经熟门熟路,今天却不愿去了?

我把手机掏了出来,制服傅全全我还有一个撒手锏——微信上联系他爸爸。"你要是再这样子顶牛,我就微信和你爸视频了。""不要啊,老师,不要啊……"傅全全把身子埋得更低了,他几乎把自己藏在了桌子底下,边上的女生都在哧哧发笑。微信一打开,对傅全全往往有奇效。他的情况比较特殊,他很难见到爸爸,他的爸爸在他五岁的时候就和他妈妈离婚了,后来再婚又有了两个孩子,加上在江苏办厂,很少有时间来尽一下父亲的义务,曾经在微信上多次向我表示自己缺位的歉意。傅全全犯事真的要叫家长,我往往会直接找他妈妈,我只不过是借他爸爸的远程关注来降伏一下这个小野兽,他更在乎爸爸。

"你赶紧坐到后面去!"我找到他爸爸的微信,蹲下来把屏幕亮给他,再藏着就直接与他爸爸视频直播了。他终于从桌面下出来了,头抵着桌面不起身,今天吃了什么药啦?有点反常,和我倔上了。我有些恼了,克制着不炸,上前一步,靠近他,想以一种压迫的力量迫使他到后面隔离去,我却清晰地看见了他眼眶里有泪水在打转,嘴唇在颤抖中挤出两个字:"我不……"我原本想把他拽离座位,强行带到后面去,今天却被他快要溢出的泪水挡住了,傅全全也会哭?他一向都是无所畏惧无所顾忌的调皮捣蛋鬼,除了看见他的坏笑、翻白眼和装无辜,我还从未见过他会掉眼泪。我的心软了,也许我刚刚态度有点凶,或者,是我去年的一次和他爸爸微信视频了一段,他一定是后来被爸爸修理了,他害怕了,如果真的是伤害到了他,我会内疚的。

我放过了他,也避免拽不动他在全班面前尴尬。

"好吧,请你保持安静。"我退回讲台,他依旧下巴抵着桌面,眼中盈水,水没有落下来。继续上课!

居然,那种怪异的声音又来了,不过比之前的更轻,像有什么蝈蝈在墙角聒噪……"傅全全,你今天是怎么啦?你在考验我的耐性吗?"他的眼睛不敢正视前方,只盯着手中的笔盖,他的耐克衫前襟够脏的,有很多墨的污渍,他的嘴巴今天一定是不受控制了,他疯了!我怒不可遏,把手机重新拿了出来,在他把头埋到桌面下前,快速拍了一张他趴在桌上的那个痞样儿,微信直接发给了他爸爸,底下留了一句:"你家的这个难管。"我听到底下一阵小骚动:"傅全全,你完了。""看你爸爸怎么收拾你。"傅全全则发出一声经典的长嚎:"不要啊,老师,不要找我爸爸啊……"这一回我铁石心肠:我不会被你的眼泪欺骗,等着你爸爸的反应。

下课后十五分钟,傅全全的爸爸微信才有了回复:"季老师,全全今天犯什么规啦?回头教育他,今天本来要有个会的,看到了您的微信,我把会推了,赶过来接这小子,我带他吃个晚饭,饭后修理他。"

我蒙了，好几分钟的脑塞，回想起他唧唧咀咀嘘嘘断断续续的怪声，我好像明白了什么，这小子是病了！这不由自主的鸟语是一段摩斯密码吗？借我的微信发什么信号给你老爸？我想起曾经有同学在作文里写道：傅全全是个没有爸爸的孩子。傅全全有爸爸，只是他另外组建了家庭，又有了孩子，快忘了这个儿子了。我想傅全全已经借我的嘴向同学做了声明。好吧，你这个聪明的坏孩子。

我迟疑了一下，在微信上打了一行字回了过去："全全今天有点怪，好像是有点牙疼。"

买卖

那是一年半前的事情了,我是这个隔离带事件的接警警官。辖区里的这个林上别墅区不好管理,业主老板居多,文化不高,财大气粗,面子比里子更要紧。虽然各家各户住房独立,院子独立,但还是难免因为张家的树太高挡了阳光,李家的狗夜里吼叫打扰了睡眠,陈家装修地下室水漏到了隔壁王家之类的事而引发邻里纠纷,还有这个意见不一的院子隔离。

一段隔离带,用石头砌,还是用金属网隔?22幢的郭家与23幢的冯家争执上了,郭家把冯家半年前装的钢丝网剪开了,运了石头过来,要搭建假山隔断,冯家挡住郭家运石头的车,互不相让。物业报了警,警察来了也解决不了,难言孰是孰非。两位老总我早有耳闻,一位做茶叶批发的,一位搞机械设计的,在各自行业都是说一不二的人物,偏偏两位英雄不相惜,住到一块彼此不对付。

"两位老总,你们都是东州有头有脸的人物,大可不必为这点小事计较,伤了邻里和气,按照我们林上小区的整体规划设计,私家别墅之间的隔离原先是用植物,半米高的冬青。你们如果觉得彼此不够隐私,可以协商一个两家都可以接受的方案,砌个柏林墙都行,只要两家不争议。"我建议他们坐下来喝一杯,把话讲开了,沟通好了,这个隔离用什么材料都是小事情,毕竟两位一向都是大手笔办大事情的。

郭总慢慢点上一支烟,吐出三个圈:"老冯,你不要以为自己是搞设计的,就把你硬邦邦冷冰冰的金属网加在隔离上,跟动物园一样,这与整个花园的气质不符合,万一明天我家的房子要出手,也影响了市场价格。"

戴黑框眼镜的冯总不大爱讲话,只是吩咐自家厂里的工人过来把钢丝网整体拆除,恢复冬青隔离,同时要求郭家放弃假山隔离的方案,冯太太出来解释:"老郭,我家现在常住小区里,你家是周末来住,当时做钢丝网隔离也是怕我家的柴犬跑到你家去,吓到你家的孙女,属于临时的。你这个假山隔断垒得这么高,光线不通透不说,还可能对这个地基有影响,不是一个小重量。"

之后的处理是这样的:郭家的石头运回去,冯家养了六年的柴犬不养了,恢复冬青隔断。我觉得这个解决方案对本小区类似纠纷都很有借鉴意义:谈得拢保持现状,谈不拢恢复原状。

但郭冯两家并没有就此握手言和,郭家还真的把房子挂到了中介那里。我后来听那个熟人中介说:"郭总家要卖,倒不是真的全因为负气,而是郭家年前的一笔在云南的投资被套住了,手头有点紧。"

郭家这套林上别墅市场估值1800万,郭总报价2500万,整整高出700万。中介说:"郭总,这个价格太惜售,估计看的人多,买的人很少。"郭总的回答是:"我也不急,不差这点钱,我这个花园面积在本小区是最大的,南面还临湖,景观不可复制,就等有缘人。"郭总说一不二,中介无奈,忙前忙后,带了七七四十九批客人,磨了九九八十一次嘴皮,都因为这个高价谈不拢,有客户甚至怀疑卖家只是在试探市场,没有诚心要卖的意思。

中介后来非常惊喜地接到一个电话,对方一口答应2500万的价格,不还价,而且都不需要过来看房,直接给到500万定金,过户后补上全款,不需要贷款,全部现金。这不是天上掉馅饼了?还真有这样的有缘人?几乎不敢相信自己的耳朵,中介那一天晚上从梦里笑醒了。

签订购房合同下定金的那天,郭总却当场反悔了,不是他还要加价,而是他不愿意把房子卖给对方——来签字的人是隔壁冯总的夫人!中介当场气到吐血,他把郭总请出来,要以自己的洪荒之力力劝郭总签字,这是溢价太多的一单大买卖,机不可失失不再来,况且,对于中介本人来说,这百分之一的中介费可是25万元整啊,这一年可以提前回老家休养生息了。

"不卖!"郭总斩钉截铁,出发前,他还是欣喜的,口里哼着童安格的《明天你是否依然爱我》,特意穿了女儿结婚那天穿的那身定制西服,开着他那辆不常开的为公司撑门面的2010款宾利欧陆去的。现在他的心情几乎是一个大反转,有一种恼羞成怒的强烈愤恨感：想看我笑话？我宁可便宜200万卖给别人，也不卖给冯家。你以为就你家有钱！

冯夫人似乎对郭总的反应不意外，只是浅浅地笑着说："我们是有诚意的，我家儿子明年从德国留学回来，我想让他住在身边，还请邻居帮个忙。"

郭总点了一支烟，收拾了一下刚刚有点乱的情绪，回来坐在桌边，他把脸上的悦色找回来了一点，对冯夫人说："冯太啊，这么巧，缘分哪，这个房子原先我们也舍不得出手，也是因为上次的分歧，觉得有些难为情，低头不见抬头见的，这样，我回去跟家里人商量一下，尤其要做一下我夫人的思想工作。"

郭总靠茶叶批发发的家，自己读书那会儿赶上"文革"，也就小学毕业，不承想宠大的女儿读书也不怎么的，送到澳大利亚留学镀了个金，回来安排在银行里当了一个内勤，靠着自己当年的2000万的定期存款。这个平庸的女儿比起老冯家的学霸儿子是说不响的，而且老郭注定不会再有儿子——夫人十多年前子宫肌瘤切除，失去了再生育能力；论经济实力，这几年老冯也渐渐超过了老郭，尤其是老郭女婿的几笔无脑的投资之后，老郭明显感觉到账上流动的捉襟见肘，有气，有很大的气得憋着，只能怪自己决策失误无人可托，女儿无能，女婿稚嫩，年轻人无脑又贪功。看看隔壁的冯家，居然在苏州又置了一处厂房，研发中心都从东州迁到了太湖边，等着学成归来的冯博士来转型升级。别人家做的是实业，蒸蒸日上，而老郭家后来做的只是投资理财，理得好是大发，掉了坑是歇菜。如今，郭家连续掉了两个大坑，必须得靠这2000多万把之前的投入救出来，要不是这该死的失误，老郭一万个也不想有今天面对的尴尬。

老郭回去后给到中介的回复是："这个房子夫人说舍不得卖，再等等，家里也不缺这点钱。"中介放下电话直接就骂二百五了，2500万不卖，错过这个大买主，后面就等着凉凉吧。让中介更为窝火的事很快发生了，郭总委托了另一个中介继续卖房，完全把他给抛弃了，好像是他严重得罪了郭总，让郭总老大不高兴了，郭总连他的电话也拉黑了。之后发生的关于林上别墅22幢的买卖绝对让听说的人无法理解，郭家两个月后迅速以2000万卖掉了房子，买家是一位姓林的女医生，很神秘的买家。这个翻转乾坤的买卖是我这位背运的中介兄弟日后每一次饭局上必讲的悲催故事，他煮熟的鸭子飞了，一个奇葩的面子价值500万！我们只能安慰他：这些有钱人的尊严比我们想象的值钱，他们不会都按常理出牌的，只能说贫穷限制了我等的想象力。

买高卖低本无可厚非，很多时候买卖双方自我认可就好，你情我愿的事情才能成，市场也难有规律可循，当年的高价可能是今天的低位，今天的价格可能是当初无法想象的。所以中介愤愤所说的奇葩之事渐渐也无人相信了，有人说这位中介是自己做不成生意，故意诋毁卖家，成心把卖家说成个二百五。连我这个知情人也不敢拿这个故事当茶余饭后的谈资了，万一传到郭总耳朵里，人家一对号入座，告我一个诽谤也是很不好玩的。

　　让我重新想起这个隔离带事件是因为昨天的一个报警，也是林上别墅区，巧了，又是 22 幢。业主说他们家的狗被装修运输车撞死了，我接了警过去。那条死掉的狗是一条老柴犬，23 幢的冯太太与 22 幢的新业主老少两个女人一块围着那个倒霉的司机，义愤填膺的样子。我问明白了，22 幢的新业主林医生是冯总入门不久的儿媳妇。

二毛六

二十世纪七十年代的东州市民看病还习惯找中医开几帖药,那时候城里还有不少中医馆、草药铺,如今成为老旧故事传奇人物的老中医那时候基本都还健在,都还在忙着望闻问切,悬壶济世。看病的拿一张手写的号坐在门口候着,听到自己的号进来,把脉,张嘴看舌苔,再问问近日的吃喝拉撒,医生划拉几下一张方子开好了,交上五毛钱,再到药铺里对着方抓上几帖。一般这种方子龙飞凤舞的自己看不懂,药铺抓药的一看便知,那张是曾医生开的,这张是贾医生开的。其中就有一位夏逸尘老中医,他有个癖好,药都比别人开得少,能开两帖的绝对不开三帖,有时看完病,一帖不开。这样子节省的中医药铺里不怎么喜欢,病人倒很欢迎,好多人抱着回去熬药、吃药的决心来的,结果医生不让吃,那还不是像得了大赦一样欢喜?

还真有这么一位熟人,咳嗽半年不见恢复,也不见喉咙红肿痛,就是有点异物感,也没有呛了啥,卡了鱼骨,看了几处，吃了许多帖中草药，不见好，心里头慌兮兮。那时候得癌症的不多，也没有如今那么全套的设备，什么B超、CT的检查，以为自己得了什么喉癌，一下子人就蔫了，浑身上下不爽外带咳嗽不止。亲戚推荐去看看夏医生，他开始觉得自己这个病重，夏医生药开得少而轻，顶不了大用，犹豫三日，还是去排队了，死马当活马医吧。

夏逸尘医生缓缓把脉，细细看病人舌苔与咽喉，闻了口气，再看了手臂皮肤，忽然说："您没有毛病，不必吃药。""那医生，我的咳嗽作何解释？"病人大惊，嘴都合不上了，连咳嗽一下子也似乎忘了。"请你回家，把你家的狗处理掉吧。"夏医生的处方竟然是让病人把狗从家里请走，他是如何判断出病人家里养狗的？这个咳嗽如何又与狗有关联？他没有作任何解释，就这么神秘而奇异。病人家里果真有养狗，也的确是养狗后才有了这奇怪的咳嗽，他匆匆忙忙赶回家，让儿子把狗送去乡下，家里大扫除，不出五日，他的咳嗽不治而愈，整个人生龙活虎啦。妈妈呀，神医啊，这位熟人就此对夏逸尘夏医生佩服得五体投地，用今天的话儿讲，全家老老小小都成了夏医生的粉丝。

后来，有一位机械厂的厂长，全国劳模，也算是东州的一个大人物，得了一种怪病，全身莫名其妙发黄，乍一看挺瘆人，像得了急性黄疸肝炎，而且这个黄色还要更重一点，像浑身上了一层哑光的黄色漆。全国劳模待遇好，医院里西医查了，肝没毛病，那就奇了怪了，那是啥毛病？试着吃了几种西药也不见黄色褪掉,几个西医商讨定不下来,说是只有打开肚子才能知道。劳模想,自己的肚子哪能随随便便就打开呢?西医不灵那就试一试中医。劳模原先是不信中医的,毕竟他是在上海北京见过大场面的,可是西医说要开肚子才能确诊,他就骂娘了,骂西医是草包。厂里看过夏医生的工人给老大推荐夏医生,劳模也就去试一试。

　　劳模大驾光临,夏医生不敢含糊,足足看了半个钟头,最后却说了一句大实话:"尊敬的厂长,您这个病是啥病我一下子也判断不出来,但是我可以给你去了这黄色。""能褪掉这个黄色就行,我浑身上下都舒服,没毛病。"劳模厂长自我感觉良好,如果能褪了那莫名其妙令人难堪的黄色岂不是大好。这一回夏医生却是足足开了五帖药,其中只是一剂草药,啥名,讲故事的人没记住。不过这药特便宜,就到桥头草药铺里一抓,统共也就花了二毛六分钱。草药喝到第三包,劳模厂长身上的黄色开始松动了,不再那么稠。到五包全部喝完,果真,那个黄色就像洗澡后除掉了垢一样不见了。劳模厂长喜得当时就派人送了一面"华佗在世"的锦旗过去。不过,夏逸尘医生却没有将那锦旗张挂起来,听说他又说了一句大实话:"我没有看好厂长的病,我只是帮他疏通了一下,他的病还会回来找他。"果真,过了一段时间,在北京出差的劳模厂长的皮肤又黄回去了,他去了北京301医院,部队医院,给首长看病的,好多主任医师给劳模厂长同志会诊,还是建议打开肚子,劳模厂长这一回没有生气,北京的医生都这么说了,已经技术到顶了。上了手术台,打开一看就查明白了,劳模厂长天生的胆道畸形,年纪大了畸形重了导致胆汁阻塞,人也就变黄了,不过再严重下来慢性疼痛就会开始来找身体了。好吧,直接做了畸形处理手术。劳模厂长回来后又改口说西医好了,早晚一刀,还不如早听东州的西医打开肚子确诊,中医虽然帮他疏通了一下,褪了黄,只是治标不治本,毕竟隔着一层肚皮,中医只能猜测揣摩个大概。

等到劳模厂长退休,他做过手术的地方居然开始疼痛了,那个难堪的黄色也像老熟人一样找了回来,难道是自己的胆道又堵塞了?西医不是把管子接过了吗?赶紧去了医院,医院的西医说还得打开看看,估计原来的接法不大完善,时间长了又有点粘连,还得改个道另外接。这一下又把劳模气到了,老子这个胆道又不是自来水管,哪能改来改去?他又想到了他曾经送过锦旗的中医师夏逸尘,不如先去弄那个二毛六的草药服几帖,甚至坚持服用一段时间,总比再上全麻打开肚子的好。他找到了夏医生曾经坐堂的那个馆,那个地方现今改成一个茶馆了,一打听,夏医生已在两年前驾鹤西行了。哎哟,糟糕,劳模厂长一阵头晕,因为他也没有用心记住当年那个便宜到二毛六的草药到底是什么药。

夏逸尘医生走了,东州民间从此好像不再有开二毛六草药甚至不开药治病的中医师了,之后的东州名医研究报告里,夏医生被称为中医界的"温补派",所谓温补,笔者曲解为温和与补充。

第一杯咖啡

和她第一次见面,她竟说认识我,我丈二和尚摸不着头脑。介绍人莞尔而笑,趁机鞋底擦油溜了。经她一点,真的发现两人之间的联系:她小时候借住的阿姨家就在我外婆家的隔壁,她的小学班主任便是早两年教我的语文老师。老天,这位小学女教师莫非做过普查,早在见面之前看了我的档案,要不就是介绍人背着我将我亮了底,真该死。

我感到极其尴尬与被动,在她点到的联系中我怎么也想不起来有她这么一位女孩,而她狡黠而不失漂亮的笑容似乎在证明她胸有成竹。我该从哪里开始介绍自己呢?今晚这场戏难演。

"我们去喝咖啡,好吗?"她问。当我们推车经过一间咖啡屋的门口,她提出这样一个请求。

我犹豫了,并非我是"铁公鸡",我有句话不好说:我从来都是喝茶的,不曾问津过咖啡这洋玩意儿。

看着她煞有兴致的眼光,我将要解释的话咽到了肚里,我为她推开咖啡屋的玻璃门。

两杯咖啡，两块三明治，一小碟方糖，以及悠扬的萨克斯乐和忽明忽暗的灯光。

我往我的杯中加了一块、两块、三块方糖，呷了一口，依然苦不堪言，我偷眼望她，她竟然不加方糖。

"你要不要加点糖？"

"不，我晚上备课改作业，常要喝点苦咖啡熬夜。"

介绍人说她已满二十九岁，她却不显老，也只饰了淡妆，扎了个简单的马尾辫，穿一身蓝色牛仔服，略有运动员气质。

我不客气地将余下的几块方糖都倒进自己杯中，她见了，扑哧一笑，我赶忙说："我平时喜欢喝甜咖啡。""呵呵，你真怪，我还从未见过有你这样喝咖啡的。"其时，我感觉到自己脸发热。

"你是否还记得你外婆家附近二中那幢小楼？小时候，我们一大帮小孩把那支撑楼梯的柱子当作滑梯，大家跑到二楼，钻出护栏，搂着二米高的柱子，由上而下哧溜哧溜滑下来，一个接一个。当中有个叫杨丹的女孩，便是我啊。"

我隐约记起有那么一种游戏。在我从宁夏回来后去外婆家时，曾去过二中，二中已经旧貌换新颜，小楼不见了。而当年与我一块玩耍的人现在却坐在我眼前，我却一点也记不起她小时候是什么样子。她竟能将我记得那般清晰，真有意思，我和她也该像书上说的"青梅竹马"，是吗？我心里想。

"我小学五年级未念完就转学去宁夏了，我爸爸、妈妈怕外婆带不住我，我倒还记得教我语文的王老师。"我说。

"王老师那时候还常提到你呢,常说'我两年前有一位学生叫郑伟,作文写得可好了,得了地区一等奖,可惜已经转学了,也不知去了哪里'。"

"真的?"

"真的。"

我十分吃惊,我那段连我父母都淡忘的辉煌少年时竟会在一位低我两年的女同学嘴里传颂。十多年了,我经常独自在心底默默咀嚼那少时的光荣,而这甜蜜的回想时而又会变作一种苦涩:自从我在宁夏中考落榜到修车厂做了一名学徒,我不再有自己的书桌和笔,每天都是一身油污,在那时候,我最渴望的是有水,有水洗个澡。

"王老师呢?"我问。

"王老师前年去世了,生了肺癌。"她说。

我心头袭过一阵悲凉,我竟一点也想不起王老师的模样了,而王老师却曾对我这样一位小学生那么念念不忘。惭愧,我低下头,呷了一大口咖啡,依旧苦涩,如泪水。

"杨丹。"沉默良久,我叫她的名字,第一次(小时候可能叫过,那些不算),"你我是少年朋友,又是师哥师妹,我也不便瞒你,我回来快一年了,户口还未弄来,这边修车的铺大人多,又都是进口车,我摸得不熟,没什么赚头,住处也不行,是我爷爷那间老房,楼上楼下不过三四十平方米,厨房间还是与人合用的,我想虹姨(介绍人)她没给你挑明吧?"

她埋头盯着自己手里捧着的咖啡杯任我将这一通话说完。

坦白完毕，我好似有了一些轻松，我想不管面前这位二十九岁的女教师怎么反应，我都不会作怪，即使不成，我也算认识了一位老朋友，捡回了一段儿时回忆。

她一语未发，只将杯中的咖啡饮尽。我忽然隐约瞥见她眼中映出一点泪光，或许不是，或许是灯光的闪烁。

咖啡屋出来时，天上已飘起毛毛细雨，而且愈来愈密。

我说："我只带了一件雨披，先给你穿，我再去弄一件。"

"不必了，你穿吧，你不觉得雨中骑车更有意思吗？我喜欢这雨。"

我听了这话，竟想不出其中的道理，不知如何回答，任她冲进雨雾，自己也跟了进去。我跟着她一块淋雨骑车，一路无言，直到她家楼下。她在转身离去时，留下一句话："郑伟，下礼拜若有空，你来听我上课。"

是夜，我失眠了，这一杯咖啡害我，辗转反侧，任你怎样蒙头盖脸，就是无半点睡意。在这清静的黑夜里，听着雨点打玻璃的声音，我极度清醒的思想中有那个滑滑梯的游戏；有那位想不起模样已作古的王老师；余下来便全是她了——她的喝咖啡不加糖的自如，她在雨中骑车不要雨披的勇敢，还有她对那个少年我的清楚记忆更让我的心湖泛起了涟漪。

凌晨，我伴着关于她的许多想象渐渐睡着了，我想明天，我得抓紧时间去买两罐咖啡，在下礼拜听课的时候一并带去。

后记

写小说源于爱听故事，听了故事后爱转述故事，转述中不愿原原本本，而是加入想象和演绎，探寻在表象背后的潜意识。隐居瓯江中七都岛十年，潮起云落间听了很多故事，生命如东流水，由河入江入海不可寻，生活如不停歇的江流，沉积的泥沙可以成塔成岛。

后来发现自己碰到了描写的天花板，听故事毕竟是间接和肤浅的。缺乏亲历，没有生活体验，道听途说只能算是闭门造车，再好的想象也因为无根无经验显得单调与乏力。

羡慕那些有着丰富阅历的人，浑身都是经验与故事，如果要写好小说，首先要投入真实的生活，干过很多活，识得很多人，珍惜各种体验，结交三教九流，行走千山万水，直到上知天文下知地理，从身上搓下一个泥球都是故事。有了这个迟到的领悟，算是自己的一个新的起点，先生活，再写作。把之前的练笔结一个小集子，交个小作业。